転生魔女の気ままなグルメ旅

～婚約破棄された落ちこぼれ令嬢、実は世界唯一の魔法使いだった

「魔物討伐？
人助け？いや
食材採取です」

著：茨木野
Ibarakino
イラスト：長浜めぐみ
Megumi Nagahama

TOブックス

Tensei majo no
kimama na Gourmet Tabi

CONTENTS

Illust.：長浜めぐみ
Design：BEE-PEE

プロローグ

森の中、とある冒険者パーティが、信じられないものを目撃していた。

「なんだよ……あれ……?」

リーダーの男が呆然《ぼうぜん》と、それを見ながらつぶやく。

見上げるほど巨体を持った、凶悪そうなドラゴン……のことでは、ない。

そのドラゴンの前で、平然と、食事を取っている謎の二人組についてだ。

「あーむ……」

ひとりは、黒い髪の女だ。年齢は十代の後半くらいか？　実年齢は判然としないが、大人びて見える。

黒い服に、とんがった三角帽子。それを見て、冒険者たちのリーダーは、まるでおとぎ話のなかにでてくる、伝説の存在、魔法使いだと思った。

そんな魔法使いの女は、ドラゴンの前だというのに、まったく気にしている様子はない。

彼女はレジャーシートの上にお行儀良く座り、大きなパンを手をしてる。

そのパンには分厚い肉と新鮮な野菜、そしてチーズが挟まっている。

女はパンにかぶりつく。大きく口を開けて、正面からがぶりと食べた。

「ん～♡」

魔法使いはトロンと目尻とたらして、幸せそうな笑みを浮かべる。まるで、おいしい食事に喜んでいるようだ。

いや、おかしい。ドラゴンがすぐそばにいるのに？

なんで食事を楽しんでいるのだ……？

「どうですか、魔女様っ？」

その隣には、赤毛のかわいらしい獣人の少年がいた。歳は魔法使いの女……魔女よりも若く見える。

獣人はぱたぱたと尻尾を揺らしながら、魔女の反応を待っていた。

「最高よ！　このハンバーガー！　とってもおいしいわ！　特にこの甘辛いソースが、最高ね！」

ハンバーガー……。確かに、パンに肉を挟んで食べる料理があった気がする。だが、魔女が手に持っているハンバーガーは、肉、野菜、チーズ、そして肉……と何段にも積み重なった、特別なバーガーだ。

あんな分厚いバーガー、見たことがない。

そしてそれにかぶりついて、幸せそうにしてる女もまた。

「良かったー！　おいしいって言ってもらえてうれしいですー！　作ったかいがあるってものです！」

……どうやらあの獣人は魔女のシェフ？

いやだとしても、おかしい。

なぜあのシェフの獣人もまた、魔女同様に、ドラゴンの前で平然と……。いや、違う！

ドラゴンは、死んでいた。倒されていたのだと、リーダーは気づいた。

身体が丁寧に切り刻まれている。

切り口がとてもきれいで鋭利だ。ドラゴンの固いうろこ、そして分厚い肉を、あんなバターのように切れる刃物がこの世に存在するわけがない。

いや、あったとしても、あんなひ弱そうな少年と女に、ドラゴンを切れるほどの腕力があるとは思えない……。

『おいてめえら。何見てんだ？』

リーダーはぎょっ、と目をむく。足下に黒い猫が、いつの間にかいたのだ。

しかも平然としゃべっている。

「どうしたんですか、オセ様？」

オセと呼ばれた黒猫が、リーダーたちをにらみつけてくる。

『ずっとこっちを見てやがったぜ。どうする、魔女様？』

魔女はハンバーガー片手に、リーダーたちを見やる。彼らはおびえて、その場から動けなくなった。

彼女の身体からは、不機嫌のオーラが沸《わ》き立っていたからだ。

魔女がこちらに近づいてくる。冒険者たちは身動き一つできなかった。

彼女は、口を開く。

「あげないわよ」

…………………はい？

「このハンバーガーは、カイトがドラゴンの肉から作ってくれた、特別な一品。だから、あげないわよ」

……どうやらあのドラゴン、このハンバーガーの肉に使われているようだ。

そんなの、あり得ないとリーダーは驚き、そして困惑する。魔物の肉なんて、くさくて、かたくて、まずい物……。そんなものを、調理できるわけない。

しかし魔女の持っているハンバーガーからは、とてもおいしそうな香ばしい匂いがただよってくる。思わず、よだれが垂れてしまうほどだ。

しかし……魔女はまた言う。

「あげないわよ」

これは、食い意地の張った魔女が、その料理人の獣人とともに、世界を回って、おいしい物を食べる旅の話。

一章

「マリィ＝フォン＝ゴルドー。君との婚約を破棄させてもらう」

アイン王立学園のパーティ会場に、王太子ルグニスの声が響き渡る。

彼の前でうつむいているのはゴルドー公爵家の令嬢、マリィ。

マリィは呆然とした表情を浮かべる。ルグニスは、彼女が急な婚約破棄を言い渡され、衝撃を受けているからだと、勘違いしていた。

実際には、マリィは別の意味で衝撃を受けていたというのに。

「なぜ婚約を破棄するに至ったのか説明してやろうか」

「え？　ええ……」

思っていたのとリアクションが異なり、若干戸惑いながらも、気にせずルグニスは続ける。

「貴様が双子の妹にして、現状、大聖女にもっとも近い存在であるグリージョに、非道を働いていたからだ」

ルグニスの隣にはマリィの双子の妹グリージョがいて、彼の腕をがっちりホールドして寄りかかっている。

ゴルドー姉妹は、二卵性双生児だからか、姿が全く似ていない。

ふわふわのピンクの髪に、庇護《ひご》欲をそそるようなたれ目に、豊満な肉体を持つ妹のグリージョ。

姉のマリィはそのすべてが逆だ。黒い髪に釣り目、スレンダーな体つき。

並んで立つと妹のほうがより、男性受けしそうなパーツで構成されていることが際立ってしまう。

「マリィ。君はひどい姉だ。たしかに君は、世界で唯一、法術《ほうじゅつ》を使えない。出来損ないと言われてもしょうがなく、性格がゆがんでしまうのは仕方ないだろう」

法術。それは治癒術のことだ。かつて、この世界に存在した治癒魔法と同系統の、人を癒す奇跡の技である。

今この時代、魔法は衰退《すいたい》しており、唯一残っているのはこの法術のみ。

また、法術は女にしか扱えないことから、法術使いとしての手腕が、女の価値を決めるといっても過言ではない世界になっていた。

そんななかで、マリィは世界でただ一人、法術を使えない、【落ちこぼれ令嬢】と呼ばれる存在。

一方、妹のグリージョは、次世代の大聖女と期待されている存在だ。

大聖女とは、最高位の聖女（国に認められた高い法力を持つ女）に贈られる称号である。

誰もが知っている。ゴルドー姉妹は、妹が優秀で、姉が出来損ないであると。

「妹に嫉妬し、毎日ひどい虐《いじ》めをされて困っていると……グリージョから聞いたぞ」

「その通りです、ルグニス殿下。お姉さまってば、毎日陰湿《いんしつ》な虐めを繰り返してて……」

無論、マリィはそんなことをしていない。グリージョの嘘だろう。

王子は親に決められた婚約者であるマリィのことを、あまり気に入っていなかった。

見た目もそうだが、なにより自分の婚約者が落ちこぼれ扱いされるのが我慢ならない。落ちこぼれしか婚約者にできないのだろう、と学園内でのそしりを受けているのが、彼のプライドをいたく傷つけていた。

そこに加えて、グリージョは見た目だけはよく、中身も（王子と一緒にいる時だけは）よく、なにより高い法術力を持っている、世界最高の聖女だ。

グリージョこそ王子たる自分にふさわしい女である、と思っているところに、都合よくグリージョからのタレコミがあった。

これ幸いと、学園の卒業パーティの場で、マリィに断罪、そして婚約破棄を突きつけたのである。

さて……。

それを受けて、マリィはどういうリアクションを取るかというと。

「はいわかりました」

実にあっさりと、婚約破棄の事実を受け入れたのだ。ルグニス、そしてグリージョは困惑する。

彼女は、未来の王太子妃というポジションに固執していたはずだ。

ルグニスの隣に立つのにふさわしい女になろうと、必死になって勉学や習い事をしていた。

それもすべて、未来の王妃にふさわしい女となるため。法術が使えず、聖女の才能がないという、前代未聞のディスアドバンテージをはねのけるべく、必死になって努力し続けてきた。

それが、マリィという女だったはず。だから、婚約破棄を突きつけられたら、さぞ落胆するだろう、その場で泣いて縋り付いてくるだろうと、ルグニスたちはそう思っていた。

妹のグリージョはその様を見て高笑いしてやろうと、身構えていたところだった。

けれど姉のリアクションは、実に薄いものだった。それが意外であった。

「わたしはどのような処罰が下されるのでしょうか？」

「あ、ああ……わ、わが妃となるグリージョを虐めた罪は重い！　よってそなたを国外追放とする！」

「……それは、御父上、国王陛下も承知していることでしょうか？」

「無論、知らない。これは私の独断だ。あとで父上には報告しておく」

「……委細承知いたしました」

マリィはカーテシーを決めて、その場からあっさりと退場していった。

おかしい……。王子は困惑する。なぜ引き下がるのか。あれだけの努力が水泡に帰し、国外追放の憂き目にまで遭《あ》うというのに。

彼女は涙一つこぼさず、パーティ会場を後にする。どういうことだ。自分に対して、何の感情も抱いていないのか？

「そうそう。最後に一言よろしいでしょうか」

ぴたり、とマリィが立ち止まる。やっと、自分に詫びを入れる気になったかと期待するルグニスであったが……。

「国を守護する聖結界の運用は、グリージョが行うということでよろしいですね？」

この世界にはモンスターと呼ばれる化け物がはびこっている。魔法が存在したいにしえの時代ならいざ知らず、今その技を使えるものは存在しない。

そこで、魔道具師たちが開発したのは、聖結界と呼ばれる防御装置だ。

法術使いの女が、そこに聖法気（※法術を使うための力。魔法で言うところの魔力）を込めることで発動し、街を守る結界となる。

だいだい、王都の聖結界は、その時代で最も強く法力（※法術使いとしての総合力）の高い聖女が務めることになっている。

「現在大聖女に近いのがグリージョなのだから、彼女がやるに決まってるだろう」

「そうですか。では忠告を。その女に任せると、王都は大変なことになりますよ」

「なんだと……？」

「彼女の法力は実は最弱です。強化の【魔法】によってブーストされていただけなので」

魔法。それはかつて存在した奇跡の術。しかし今は衰退しており、誰一人として、魔法を使うことができない。

だというのに、魔法で強化？

「ばかばかしい。魔法などこの世界に存在しない」

「もしわたしが、法術ではなく、魔法を使えるとしたら？」

その場にいる全員が、ぽかんと口を大きく開く。だが、爆笑の渦に包まれた。

「おねえさまかわいそぉ。妄想に取り付かれてしまわれたのですね」

「さっさと出ていけ狂人。貴様のようなイカレタ女がわが妻になるところだったと思うと、ぞっとする」

ルグニス他、誰もがマリィの苦し紛れの発言、あるいは、本当に頭がおかしくなって出た妄言だと思っていた。

魔法はおとぎ話の存在で、この世に存在しないものであると、誰もが知っている常識だからだ。

そうですか、とマリィは一礼して出ていく。

誰もマリィに同情しなかった。イカレ女が消えてよかったと、思っていた。

……だが残念ながら、彼らは近い将来、全員が後悔する羽目になり、泣きながらマリィに許しを請うことになる。

なぜならマリィこそが、この魔法が衰退した世界で、唯一の魔法使いであり……。

魔女神《まじょしん》ラブマリィの、生まれ代わりだった。

☆

魔女神ラブマリィ。その名前を知らぬものはいない。

いにしえの時代、まだ魔法が普遍的に使われていたころ。

一人の強大な魔力を有した存在が、世界征服を企んでいた。

魔王デスデモーナ。

高い魔法力と、そして残忍な性格を有しており、その魔法の力を使って世界のありとあらゆるものを破壊していった。

当時、デスデモーナに対抗するべく討伐部隊が組まれたものの、誰一人として魔王にかなうことはなかった。

もう駄目だと、誰もがあきらめたその時、一人の魔女が現れる。

彼女の名前はラブマリィ。

ただの村娘でしかなかった彼女は、魔王の部下に村を焼かれ、そして大切な家族を失うことになる。

その恨みは彼女にモチベーションを与え、長い修練ののち、ついに世界最高の魔法の力を手にする。

百の魔法を使う魔王に対して、千の魔法を自在に操るラブマリィは圧倒して見せた。

その当時、ラブマリィは齢《よわい》にして百歳を超えていたのだが、老体ということを差し引いても、その魔法力は他の追随を許さないものであった。

彼女の執念と努力の結晶である魔法は、魔王を瞬殺して見せた。誰もがかなわないとされていた巨悪を、すさまじい魔法で打ち破ったのである。

誰もが彼女を、神とあがめた。

それゆえ、ついたあだ名は魔女神。

しかし魔女神ラブマリィは、家族と村の仇《かたき》を取った後、まるで体からエネルギーが消え失せてしまったかのように、数日も経たずに絶命した。

彼女を動かしていた、仇討ちという動機がなくなったため、生きている動機がなくなったのである。

かくして、人生のすべてを魔法の勉強と訓練に費やした魔女は、魔王を倒してあっさり死んでしまう。

歴史には、魔王を倒した神として記録が残り、誰の心のなかにも、世界を救った魔女の神として、ラブマリィは生き続けることになった。

ようするに、この世界を救って伝説の存在となった、すごい魔女が、その記憶と魔法の力を持って……。


この魔法の衰退した世界に、世界で唯一の魔法使いとして、転生したのだ。

マリィ＝フォン＝ゴルドーとして。

彼女がその記憶を取り戻したのは、王太子に婚約破棄を言い渡されたのとちょうど同じタイミングであった。

マリィが婚約を破棄すると告げられた時、強いストレスを覚えた。それがトリガーとなって、彼女はラブマリィとしての記憶を取り戻したのである。

とはいえ彼女はもともと、ラブマリィとしての魔法の力を最初から備えて生まれていた。

莫大な魔力量に、高い魔法適性。

そして魔法使いとして長い修練の末に、体に染みついてる、魔法の使い方。

マリィは無意識に魔法を使う時がママあった。たとえば親に比較され、なぜ妹のようになれないと殴られた時。

身を守るために防御の魔法を使ったり、まともに食事を与えられず、栄養が足りてない体を持たせるために強化魔法を使ったりと。

（そのおかげで彼女の家は垂れ流される強化魔法の恩恵を受けていた。まあもう消えてしまうだろ

うが）

マリィは、落ちこぼれ聖女と馬鹿にされていたのだが、それは間違いであったのだ。

たしかに法術の適性はゼロだけれど、魔法の適性が尋常ではなくあったのだ。

法術を使うための聖法気はないけれど、すさまじい魔力量がその身に宿っていた。

魔法のすごい力を持っていても、それを評価しない時代に生まれてしまったがゆえに、落ちこぼれに見えただけなのだ。

ラブマリィ時代であったら、その高い魔法適性と、すさまじい魔力量に、誰もが彼女を天才だと評したはずだ。

マリィが劣っていたのではない、世界が彼女の力を測れなかっただけ、間違っていたのは世界のほうなのだ。

その真実に、結局誰一人気づくことはなかった。マリィも、力と立場を自覚したのは婚約破棄された後のこと。

関係が解消され、国外に強制的に追いやられることになったのだ。彼らには忠告した。真実を告げた。でも、信じなかった。

だからマリィが出て行ったことで、国や家が大変なことになろうと、もう知ったこっちゃないのである。

王国を追放されたマリィはというと、そのまま国外へと向かっていた。

☆

「……空を飛ぶのって、楽でいいわね」

彼女は飛行魔法を使って空を飛んでいる。城のごみ捨て場にあったホウキを拝借して、それに横から腰かけた。

魔法がまだ全盛期だった時でも、この飛行魔法というのはとても高度な技術だった。

けれど今の彼女は息をするように、魔法を行使してる。

魔女神ラブマリィ。千の魔法を身に付け、魔王すら瞬殺した彼女にとっては、空を飛ぶことなど造作もないのである。

「これから、どうしましょうか」

国を追放され、マリィには行くあてなどなかった。前世も今も、彼女は魔法の研究や勉学に励んでおり、ほとんど自由な時間などなかった。

それが、今彼女はとてつもなく暇になってしまった。

前世での復讐は終わり、今世ではもう王妃教育を受けなくてもいい。魔法は努力しなくてもすでに身に付いてる状態だから、前世のように訓練などしなくていい。

「それにこの体、すごいわ。魔力に満ち満ちてる」

前世では魔力不足に悩まされていて、使いたい魔法があっても、魔力が足りずに使えないことが多かった。だがこのマリィ＝フォン＝ゴルドーの体には、前世の十……いや、百倍近い魔力が秘められている。

最強の魔女の記憶と技術、それに加えて、今世の膨大な魔力があれば、第二の魔王になることだって簡単だ。世界なんて簡単に、いやおそらくは魔王より早く掌握《しょうあく》可能であろう。

「ま、しませんけどね」

第二の魔王になったら、第二の魔女神が現れるに決まってる。よって彼女はその身に宿った力を、暴力に活用しないと誓う。だが、じゃあどうするか？

「……ん？　なにかしら、あれ？」

その時だった。眼下に広がる森の中にて、馬車がモンスターに襲われていたのだ。

「随分と豪華な馬車ですこと。王族のかしら？」

いずれにしろ、高貴な身分の人間が乗っていそうな馬車が、トラのモンスターに襲われているのである。

さて、どうするか。

別にマリィにはあの馬車を助ける義理は全くない。彼女は別に正義の存在ではないのだ。

前世で魔王を倒したのだって、家族と村を焼かれたから、その復讐をしただけで、別に世界を救う気など毛頭なかった。

事実魔王を討伐した後、手柄を国に求めることなく、目的を達成した後にはあっさりと死んだ。努力はする。しかしそれはおのれの野望をかなえるため。

ラブマリィは、そういう利己的な女なのだ。

記憶が戻る前のマリィと、今のマリィは別人と言ってもいい。二つの記憶がまじりあった結果、前世の、ドライな部分が強く押し出された性格になっていた。

よって馬車を見捨ててもいい。

「あ、そうだわ。まだ攻撃魔法を試してなかったじゃない」

飛行魔法が使える時点で、この体でラブマリィの魔法の再現は可能だとわかった。

しかしまだ攻撃魔法を試していないのである。

「もしこの先モンスターにやられそうになった時、魔法が使えませんでしたー、ってなって死ぬのはごめんだわ」

マリィは正義の味方でもなんでもない。

モンスターに襲われてる馬車なんて、はっきり言って捨て置いても何も問題はない。

マリィは人を助ける勇者としてではなく、あくまで、利己的な魔女として生きる女。

だからこれは、完全に試し打ちなのだ。

「人を襲ってるモンスターなら、遠慮なくぶっ殺してもいいわね」

マリィは、右手を頭上にかかげる。

すると極大の魔法陣が展開される。

「天裂迅雷剣《ディバイン・セイバー》」

前世で攻撃魔法には、上中下、そして極大の四つのクラスに分かれてる。

最上位である魔法を、極大魔法という。

彼女が放ったのは、雷系極大魔法の天裂迅雷剣《ディバイン・セイバー》。

巨大な雷の剣を造り、それを落とすことで、広範囲の敵を殲滅《せんめつ》する魔法だ。

いにしえの時代でも、極大魔法の使い手は、数えるほどだがいた。

しかしそれを無詠唱で行えるのは、前世でもただひとり、最強の魔女ラブマリィだけだった。

恐ろしいほどの威力をはらんだ、雷の剣が地面に落ちる。そして、周囲に放電。

並みの使い手なら関係のない一般人まで巻き込んでしまっていただろう。

しかしマリィは天才だった。

攻撃魔法を、保護対象には効かないよう、コントロールしていたのだ。

前世のラブマリィは、魔力が足りなかったから、魔法を効率よく運用するため、魔力のコントロール技術を磨いた。その結果、魔法を自在に操れるようになった。

世界広しと言えど、広域極大攻撃魔法をぶちあてて、特定の人間を殺さないでおけるのは、魔女神だけしかいない。

☆

極大魔法をぶっ放した結果、馬車を襲っていたトラのモンスターは消し炭となった。

マリィはそのまま飛び去ろうとする。しかし……。

眼下には、馬車を護衛した騎士たちが倒れてる。

みな今の落雷に驚いて気絶している。また、全員がモンスターとの戦闘で深手を負っていた。

……ここで、英雄物語に出てくるような勇者であれば、一も二もなくけがを治すだろう。

困っている人を放っておけない勇者なら、理由もなく人助けするだろう。しかし……。

「ま、治癒魔法も試しときましょうか」

この女の思考回路は、先ほどと同様。

いざとなった時に治癒魔法が使えなかったら、自分が困る。

おお、ちょうどいいところにけが人がいるではないか。

よし、治そう。……そういう女なのだ。

前からそうだったかと言うと否である。

前世の記憶、今世の境遇、そして婚約者と妹、家族からのひどい仕打ち。

それら要素が混然一体となり、今のマリィは、おのれのために力を使うエゴイスト魔女となったのだ。

マリィは地面にすとんと降りる。

馬車を護衛していた騎士たちは、落雷による衝撃と音とで失神してた。

当然だ。この世界には、前世のように魔法の使い手はいないのだから。

あんな恐ろしい落雷を間近で感じたら、たとえ身体的ダメージはなくとも、驚いて気絶してしまっても仕方ない。

マリィは護衛の騎士たちを見渡して、無事であることを確認。最後に、馬車のドアを開けて中を見ると……。

「おや、ジェームズ皇太子殿下……」

王国の隣にある、大帝国の第一皇子が馬車の中にいた。

見たことのある顔だとマリィは思った。

たしか学園に、留学生としてジェームズが通っていた気がする。

マリィとは顔見知りだ。

「うう……なにが……って、君は？」

ジェームズ＝ディ＝マデューカス。帝国第一皇子。長い銀髪に、整った顔つき。背は高く、彼のファンは学園内でも多かった。ファン倶楽部もあったくらいだ。

さて状況を整理しよう。国外追放された元落ちこぼれの公爵令嬢。

森の中でモンスターに襲われていた、他国の皇子を見事助けた。

これが恋愛物語ならば、ここから皇子にスカウトされて、隣国で彼の伴侶として暮らす、そんなラブストーリーが繰り広げられる……ところだった。

「たしか……ゴルドー嬢」

「【睡眠《スリープ》】」

マリィは相手を眠らせる魔法を使う。魔法には属性魔法と無属性魔法がある。火や水など現象を起こす魔法と、それ以外の魔法に大別される。

睡眠は無属性魔法。

マリィは一瞬で相手を眠らせる。そして耳元でささやく。

「寝て起きたらいつの間にかモンスターはいなくなってる。あなたは助けられたわけじゃない。OK？」

暗示である。そう、マリィは別にこの皇子に惚れてるわけでもないし、恩義を感じてほしくてやったわけじゃない。

単に魔法の試し打ちがしたかっただけだ。あとはほんの少しの罪悪感。見かけてしまった以上、助けた。それ以上の感情はないし、ラブロマンスを彼女は別に望んでいない。

マリィは、ラブマリィ時代もだが、色恋に全く興味がなかった。どうでもよかった。それより魔法の訓練、王妃教育だった女だからだ。

「それでは、ごきげんよう」

マリィは結界の魔法を馬車にかけておく。寝ている間にモンスターが出てきて、彼らが食われましたとなれば、寝覚めが悪すぎる。

結界もばっちり。はいこれでサービス終わり。もう人助けなんて絶対しないぞっと、マリィはその場を後にするのだった。

☆

一方マリィのいなくなった王城はというと……。

「なに⁉　モンスターが王都に押し寄せてきただと⁉」

マリィの無自覚な強化魔法がなくなり、まずグリージョの法力がガタ落ち。王都を守る結界が消えて大変なことになっていた。

「なぜだ⁉　グリージョ！　おまえ、ちゃんと法力を込めたのか⁉」

「こ、込めましたわ……でも、結界が維持できなくて……」

「何をやってる！　くそ！　どうしてこうなった⁉」

また、彼女を虐《しいた》げていた家は、マリィの魔法による恩恵で栄えていたので、それがなくなったことで落ちぶれていくことになる。

王国が、公爵家が、そして何より妹のグリージョが、優勢を誇示できていたのは、全部マリィのおかげだったと……。

そのことに気づいて、驚き嘆くことになるのだが……。

それは、少し先の話。

☆

「さて、これからどうしましょうか」

あてもなく空を飛んでいるマリィ。

彼女は国外追放され、自分を縛り付ける鎖から解き放たれたばかり。

もう誰にも支配されない、自由な生き方をしようとは思っている。

しかしじゃあ具体的にどうするか、決めかねているところ。

「物見遊山《ものみゆさん》とか？　別に景色とかどうでもいいのよ」

とりあえず方針が決まるまでは、あてもなくぷらぷら旅をしよう。

でも何か目的があったほうがいいとは思う。なんだろうか、と思っていると。

ぐぅ～……。

「おなか空いたわ」

そういえば何も食べていなかったことに気づく。

近くに町は見当たらない。森の木の実でも食べようか、と思っていると……。

「お、あんなところにドラゴンが」

森の上空を飛んでいる、そこそこの大きさのドラゴンを見つける。

ちょうどいい。

「あれを狩って食べましょう。【風刃《ウィンド・エッジ》】」

右手から放出されたのは、初級の風魔法。

すさまじい大きさの刃がやすやすとドラゴンの肉を引き裂く。

ドラゴンの肉が落下していくのを見届けて、マリィは森の下へと着地したのだが……。

「…………」

「ふむ？　なにあなた？」

そこには、痩せてがりがりの、獣人の少年がいた。

近くには既にこと切れた御者と、同じ境遇の奴隷の死体がいくつもあった。

「あー……」

どうやら無自覚に人助けをしていたようだ。

マリィはドラゴンを倒して、その肉を焼いてステーキにでもして食べようと思っていただけ。

「あ、あの！　魔女様！」

獣人の少年は、マリィの前で深々と頭を下げる。

「あぶないところを助けてくださり、あ、ありがとうございました！」

少年からすれば、ドラゴンに襲われて危機一髪のところを、空からさっそうと現れた魔女が助けに来てくれた。

そんな、物語でよくあるシチュエーションであった。

しかしマリィはエゴイスト。そんな人助けなんてする気などさらさらなかった。

だからこういった。

「別にあなたのために助けたわけではありません」

「！　そ、それって……」

「私がやりたくてやっただけ。あなたを助ける気はなかったわ。勘違いしないでちょうだい」

少年はふるふると震える。その目は、やがて輝きを増していった。

少年は、こう解釈する。

「なるほど、ツンデレなのですね！」

「はぁ……？　つんで、れ？」

「はい！　ツンデレです！」

……少年視点では、マリィはとてもお人好しで、助けたことに過剰に恩義を感じてほしくないから、そうやって口ではツンツンしてるだけ、と好意的に解釈していた。

実際には単に腹減っただけなのだが。

「違うわ」

「なるほど！」

「わかってくれた？」

「はい！　ぼくが気にしないように、あえてそんな素っ気ない態度を取っているんですね！」

人は自分が見たいと思ったものしか見えようとしない。

この少年からすれば、マリィはもう、窮地を救ってくれた英雄《ヒーロー》にしか見えないのである。

だが残念ながら、マリィは単なる魔女《エゴイスト》でしかなかった。

「違うってば」

「またまた！　ぼくはわかってますよ！　あなた様は、素晴らしいお人だと！」

もう好きにしてくれ……とマリィは説得を諦めた。

「さて、ご飯でも食べようかしら」

少年を無視してマリィは調理を開始する。

目の前には大量の、ぶつ切りにされたドラゴン肉。

「焼いて食おうかしらね。とろ火」

その瞬間、すさまじい勢いで魔法の炎が発生した。とろ火どころじゃなかった。

一瞬で黒こげドラゴンステーキ（炭ともいう）が完成する。

マリィは微妙な顔をして、黒焦げ肉を一口食べる。

「………………」

まずい。非常にまずい。だがまあ、別に栄養さえ摂取できれば、マリィはそれでいいのだ。

食べ物なんて、腹の中に入れば同じ……と思っていたのだが。

「あなた、さっきから何してるんですか？」

獣人の少年は、血だらけになりながら、ドラゴンから素材を採取していた。

「魔女様はおなかがすいてられるのですよね？　だから、ぼくがお料理を作ろうかと！」

「ほぅ……料理。あなた料理ができるの？」

「はい！　お金持ちのお屋敷の、厨房で働いていたので！」

そういって、少年はてきぱきと調理していく。彼がどこのだれで、どんなバッグボーンがあろうとどうでもよかった。

また、おなかも満たされたので、とっととこの場から離れてもよかった。しかし……。

ジュウウウウ……！

……と、肉の焼ける香ばしい香りが、マリィの食欲を刺激した。

どうやら少年は、奴隷商人の荷物の中をあさって、調理道具と香辛料を拝借し、調理を開始していた。

「…………」

自然と、口からよだれが垂れる。なんだろう、料理なんて全く興味なかったのに。

この獣人少年の作るものの匂いに、ひかれている自分がいた。

「できました！　ドラゴン・ヒレ肉ステーキです！」

大きめの葉っぱをお皿にして、その上には一枚の分厚いステーキが乗っていた。

ふん、とマリィは鼻を鳴らす。

「たいそうな口をきいた割に、肉をただ焼いて塩ふっただけ？」

期待外れだ。さっさと立ち去ろう。……だが、しかし。

あふれる肉汁。香ばしいスパイスの香り。……おかしい。

自分が焼いた肉と、彼の作った肉では、何かとてつもなく大きな差があるような気がした。

なにより、マリィはこれを食べたいと思っていた。

「どうぞ！」

「ま、まあ……一口だけなら」

よく見るとステーキは、食べやすい大きさにカットされていた。

この少年がいつの間にか切っていたのだろう。

さらに、食べるための串が添えられてる。……意外と気が利く。

マリィはひれ肉をひとつとって、口に含む。すると……。

「！」

なんだこれは！　ドラゴンの肉は、もっと筋張っていたはず。

だが、柔らかい。なんてやわらかいのだ！

無駄な脂身はない。だが噛むたびにうまみがあふれ出てくる！

「どういうこと？　なんでこんな柔らかいの？」

「ドラゴンのひれの部分は、体の中で一番柔らかくておいしいんですよ！」

……なるほど。この少年はドラゴンの肉を食べたことがある、どころか、調理の経験すらあるらしい。

だとしたら、解せないことが一つだけある。

「この時代では、モンスター食いは禁忌とされてるわね。それを知らないの？」

マリィが生きていた時代とは違って、この未来の世界では、モンスターを食べることはいけないこととされていた。

マリィにとってはそんなの知ったこっちゃないのだが。

この時代の人間である少年が、モンスターの食べ方を知ってるのはおかしかった。

「ぼくのいた田舎の村では、普通に食してました」

文化圏の違うところ出身のようだ。しかし、このステーキはうまい。うますぎる。正直、人前じ

ゃなければ叫んでいたくらいだ。

「ふむ……少年、名前は？」

「カイトです！」

「カイト……ね」

マリィは一つの、結論を出す。

「よし決めた。あなた、採用」

この旅の目的を。

彼女はあてのない旅に出るつもりだった。

しかし、今、食の楽しみというものを知った。

この少年、カイトは、魔物をおいしく調理する術を身に付けているようだ。

となれば、ほかの魔物もおいしく調理して、マリィが食べたことのない未知の【おいしい】を提供してくれるかもしれない。

ごはんって、こんなにおいしいものだったんだ。マリィは生まれて初めて、食に興味を抱いた。

ならばこの子を連れて旅に出て、各地でモンスターをかり、おいしいものを食べて回る。そんな旅をするのも、よかろうと。

「あなた、私についてくる気ある？」

「あります！　ぜひ連れてってください！」

カイト少年は奴隷だった。しかし持ち主の奴隷商はそこでくたばっている。

なら拾った自分が持ち主になる。

「よし、ついてきなさい、カイト。これから全国を回るのです」

そのセリフを聞いたカイトは……涙を流す。

ついてこいと、彼女はそういった。

それは魔女のお眼鏡にかなったということ。しかしどうして？

こんなひ弱な自分を……？

「ぼくなんかで、いいのですか……？」

自分は弱い。だから、魔女の役に立つとは到底思えない。

けれどマリィは首を振って言う。

「あなただからこそ、いいの。ついてらっしゃい」

自分だからこそ？　いったいそこに、どんな意図が込められてるのかわからない。だが……いや待てよ。カイトは自分は非力だと自覚してる。しかし魔女はどうやら、そう思っていない様子。自分のそう……将来の可能性を見いだしてくれているのではないか？

自分のそばにいることで、より大きく成長できると、期待してくれているのでは？

「なるほど！　わかりました！」

一方、カイトはこう勘違いしていた。

マリィは英雄で、世界を救う旅の途中。

そのおともとして、抜擢《ばってき》されたと。

……単なる美食ツアーの料理人として、同行を許されただけなのだが。

かくして、エゴイスト魔女と、思い込み激しい獣人の、奇妙なグルメ旅がスタートするのだった。

☆

マリィに拾われた少年、名前をカイトという。

カイトは【デッドエンド】と呼ばれる辺境の村出身だ。

そこに住んでいるじいさんばあさんたちは、みな特別な力を持っていた。

カイトもまた、誰にも負けないスキルを有している。

それが、調理スキル。

カイトの調理スキルは実は世界最高峰のものだ。

どんな食材も、一流の料理に変えてしまう。ＳＳＳランクのスキルである。

とはいえ、いくらスキルのランクがよかろうと、使い手が並では、宝の持ち腐れである。

カイトは必死に修行した。この力に見あう、世界一の料理人になるべく村を出た。

……だが村の外と中では、環境が全く違った。

村のみんなは獣人であるカイトを差別しない。

村の子供として、家族として、温かく迎えてくれた。（※カイトは孤児）

しかし村の外では、人間と獣の混じり物として、獣人はどうやら忌み嫌われてるらしかった。

どこへ行っても虐げられた。殴られ、蹴られて、まともに話を聞いてくれなかった。

それどころか……カイトは謂《いわ》れもない罪をきせられて、ついには奴隷落ちしてしまう。

奴隷となったカイトは、さる金持ち貴族のもとに買われることになった。

厨房で調理スタッフとして、こき使われる日々。

そこでも獣人は差別された。きもちわるい、きたないと、散々罵《ののし》られた。

「ゴミ虫が」

「気持ち悪い」

「くさいんだよ獣野郎」

カイトは散々罵られ、ドンドンと自尊心を失っていった。

村のみんなは温かかったのに……。

外の世界は、こんなにも、獣人に対して冷たい……。

死にたくてしょうがなかった。でも耐えた。

孤児だった自分を育ててくれた、村のじいさんばあさんたちへの恩があった。だから、死んだらいけないと思ったのだ。

彼は周りから馬鹿にされて、ゴミ扱いされながらも、貴族の屋敷で必死になって働いた。

貴族からはもちろん、同じ調理スタッフや、奴隷達からも虐められた。

メンタルがやられそうになりながらも、なんとか自分を保てていたのは、村の老人達の支えがあったから。

そして、転機が訪れる。

貴族の屋敷に王族が訪問してきたのだ。

貴族はもてなしの料理を作らせた。カイトはすべての技術を使って、最高の料理を作った。

これなら、貴族も王族も満足してくれるだろう。

……けれど、返ってきたのは、酷い言葉だった。

「獣が作った料理など食えるか。臭くてたまらん！　こんなものを食わせるな！」

……自信作のつもりだった。自分の持ちうるすべての技術、努力の結晶をそそぎこんだ、最高のフルコース。

でも、獣人だからという理不尽な理由で、食べてもらえなかった。

……王族を怒らせたことで、カイトは屋敷を追い出され、別のところへ売り飛ばされることになった。

もう……カイトはどうでもよかった。頑張ったって、どうにもならない。

獣人に生まれてしまったのが運の尽きなのだ。

獣人である以上、自分の作った料理が評価されることはもうない。

……村に帰ろう。帰りたい。

自分の料理を、おいしいって言ってくれる、あの村に……帰りたい……。

と、その時だ。

「わ、な、なんだ⁉　ドラゴンが……ぎゃぁあああああああああ！」

カイトたちを乗せた商人の馬車が、突如としてドラゴンの襲撃に遭ったのだ。

御者、そして他の奴隷達もみなドラゴンに殺された。

カイトが生き残れたのは、ドラゴンに対する【耐性】があったからだ。

彼の故郷……デッドエンド村の近くには、魔物がうじゃうじゃ沸いてる森があった。

そこにドラゴンがたくさん居た。見慣れたものだった。だから、他の連中と違って、腰が抜けて動けなくなるようなことがなかったのだ。

だが……それだけだ。

カイトはドラゴンを見慣れてはいたけど、しかし対処する術は持ち合わせていなかった。

森に食材《モンスター》を取りに行く時は、常に村の強い戦士が護衛としてそばにいてくれたから。

自分は、弱い。だから、モンスターと戦って勝つことはできない。

「……おわった。ばあちゃん、じいちゃん……ごめん……ぼく……世界最高の料理人に……なれなかった……」

ドラゴンがカイトに襲いかかろうとした、その時だ。

……奇跡が、起きた。

一瞬でドラゴンがバラバラになったのである。

「これは……魔法？」

村のばあさんたちから、聞いたことがある。

かつてこの世界には、魔法と呼ばれるすごい技術があったと。

今は衰退してしまったが、それは嵐を巻き起こしたり、山を砕いたりできるという。

ドラゴンを切り刻んだのは、風の魔法だろう。

彼の村には、かつて魔法使いだったものの子孫が住んでいるため、カイトは魔法を初めて見ても……。

驚きはすれど、しかしあっさりとこれが魔法だと、認知できたのだ。

「…………」

この人は誰なんだろう？

魔法なんていう、今は衰退して誰も使えない技術を使い、モンスターという凶悪な存在を倒す存在なんて……。

そんなのまるで、おとぎ話に出てくる、魔女神ラブマリィそのものじゃあないか。

ラブマリィの伝承は村にも残っている。かつて彼女の弟子だった（らしい）人物が、村にいるのだ。

大変年老いたエルフだったが、曰く、ラブマリィは慈愛の神で、魔法の力で世界の平和のために尽くした……と。

……その弟子（らしい）は、言っていた。ラブマリィは気高く、美しく、そして……優しい人物だったと。

（まさにこの人は、ラブマリィ様の生まれ変わりのような人……いや、もしかして生まれ変わりなのかも！　転生とかってあるっていうし！）

……それは思い込みと偶然が生み出した、奇跡の気づきだった。

この少年カイトは、マリィが魔女神の転生した姿だと思い込んだのである（実は正解だが）。

ラブマリィの伝説は、誤った形で後世に残されている。

世界を救った魔女の神が、再びこの世に顕現したのはなぜか？

……決まっている。

世界を平和にするために、だ！

その後、マリィに食事を作った。彼女は自分の料理を、うまいと褒めてくれた。

「ありがとうございます！」

カイトは涙した。獣人である自分を差別するどころか、おいしいと言ってくれた。

初めてだ。村の外に出て、初めて、獣人の料理をおいしいって言ってくれた人に会うのは。

これはもう、確定的だ。

この人は慈愛の神、魔女神ラブマリィで決定だ！

「私はこれから旅に出るわ。ついてらっしゃい」

「はい！　どこまでもお供いたします！」

きっとこの魔女神さまは、世界を平和にするための旅に出るのだろう。

そのためのお供として、抜擢されたのだ。

世界最高の料理人になる夢。きっと、彼女について行けば、この夢が叶うに決まっている。

神の舌をうならせ、満足させうるほどの料理が作れたら、その時はきっと、世界最高の料理人になれるだろうから。

以上。

……こんな経緯があって、虐げられていた獣人の料理人は、マリィの旅に同行することになったのだった。

☆

魔女神ラブマリィの生まれ変わりである、元公爵令嬢のマリィ。

彼女は森の中で獣人の少年……カイトと出会う。

カイト。歳はかなり若い、十代前半くらいだ。

犬の耳に尻尾が生えてる。

しかし獣人の割に保有魔力が高い。通常、獣人は魔力量が人間徒比べて遥かに低いはずなのだ。

(ただの獣人にしては、ハイスペックね。何か別の生き物なのかしら)

さすが魔女、慧眼《けいがん》であった。しかし彼女がカイトの正体を知るのはもう少し後である。

さて。マリィはカイトを連れ美食を求めて旅に出た。

彼女が求めるのは未知なるおいしさ。

せっかくカイトという、モンスターをおいしく調理できる料理人を手に入れたのだ。

行く先々でモンスターを倒し、それをカイトに調理させ、そして食べる。うまい。

そうやっていろんなモンスターを倒しつつ、おいしいご飯を食べるのだ……とマリィは思っていたのだが。

……問題は、直ぐに発生した。

「…………またステーキ？」

「魔女様、申し訳ありません……」

その日の夜。

マリィたちは森の中にて、野営をすることにした。

マリィは熊のモンスター（※赤熊《ブラッディベア》。Aランクの恐ろしいモンスター）を、風の魔法で一撃で葬った。

火の魔法だと黒焦げになってしまうので、彼女は風を多用するようにしたのだ。

手に入れた熊の肉を、さてどんなおいしい料理にしてくれるのか！

……期待して、出てきたのはただの、焼いた熊の肉である。

いや、おいしい。確かにおいしいのだ。

しかし、しかしである……。

「さっきのドラゴンステーキ以上の、未知なるおいしさは無いわね」

食感や風味は異なれど、熊ステーキは、結局のところ昼間に食ったドラゴンステーキとほぼ同じ。

肉を焼いて出てきただけ。以上。

「ごめんなさい……！」

「あなた、貴族のとこで働いてたくらい、すごい料理人なんでしょう？　なのになんでこうもバリエーションが少ないのよ?」

次の朝ご飯もステーキだったら、見限ってしまおうと思ったくらい、マリィは熊ステーキを出したカイトに失望した。

しかしカイトは、もごもごと何かを言いたげである。

「別に怒ってないから。何か言いたいのよね? さっさと言ってちょうだい」

「魔女様……! ああ、ぼくごときミジンコにこんなに優しくしてくれるなんて! さすがです!」

何がさすがなのかさっぱりわからないが、とりあえず何か言い訳があるようなので、聞いてやることにした。

「調理道具が、ないんです」

「調理道具……ああ、フライパンとか包丁とか?」

こくん、とカイトがうなずく。

確かに料理には包丁や鍋、さまざまな道具が必要となる。それくらいはマリィでもわかる。

「今のところ、石を砕いて作ったナイフと鉄板ならぬ石板しかないので……」

「なるほど、調理道具がないから、料理のバリエーションが少ないと」

言われてみれば鍋もないのにシチューなど煮込み料理が作れるわけもない。

むしろ、石のナイフと鉄板だけで、よくもまああんなおいしいステーキが作れたものだと逆に感心する。

「わかったわ、調理道具が必要なのね。街へ行って買ってあげる」

「え、えーーーーーーーーーーー!?」

なぜだか知らないが、カイトが大いに驚いていた。

「そ、そんな！　どうして調理道具を買ってくださるのですか!?　ぼくごときミジンコの……ふぎゅっ！」

マリィはカイトの両頬を手でつかんで、ぐにっと潰す。

「いちいちわめかないの。私が買ってあげるといったのだから、ありがたく受け取りなさい」

「ま、まほはま……」

「それに、いちいちぼくごときとか言わないの。まあ生い立ちを考えれば仕方ないかも知れないけど、私はあなたを高く評価してるわ」

「!?」

二食連続のステーキに辟易したものの、料理自体はうまいのだ。

マリィはこんなおいしい料理を作れるカイトの腕を、高く買っている。

「あなたが自分に自信がないのなら、あなたを信じる私を信じなさい。あなたは無価値な人間じゃないってね」

じわ……とカイトの目に涙がたまっていく。そして……。

「う、うわぁあああああああああん！　そんな優しいことといってくれたの、村の外だと初めてですぅうううううううううううううううううう！！！」

よほど酷い目に遭ってきたのだろう。ちょっと優しくしただけで大泣きしていた。

「うぐ……ぐす……どうして魔女様は、僕に優しくしてくれるんですか？」

別に優しくしたわけじゃない。モチベを落とされて、料理の質が落ちたら困るからだ。

それに調理道具を買ってあげるのも、自分のおいしいごはんのため。

ようするに自分のタメなのだ。

「勘違いしないでちょうだい。別にあなたのためじゃないわ」

「うわぁーーーーーーーーーーーーーーーーん！　魔女様は素晴らしい、心の優しいおかたですぅうううううううううううううううう！」

それをどうやらまたこの獣人は、魔女のツンデレと曲解したようだ。

実際にはツンもデレもない。

「じゃ、適当な街へ行くわよ」

「あ、あのっ。魔女様……できれば、自分の調理道具が使いたいです！」

「自分の……調理道具？」

マリィに言われて、少し自信を取り戻したカイトは、彼女に意思を伝える。

「はい。僕が村にいた時に、じーちゃんばーちゃんたちから、プレゼントしてもらった、特別な調理道具があるんです」

「ふーん……それがあったほうがいいの？」

「はい。市販の調理道具より、使い慣れたその道具のほうが、よりおいしいご飯が作れます」

実は道具にも、秘密があるのだが……それは追々。

「その調理道具とやらはどこに？」

「……わかりません。奴隷落ちの時に、持ち物は没収されてしまったんです」

「じゃあ調理道具もまた行方知らずってことね」

「はい……それがあれば、魔女様に最高のフルコースを作ってあげられるのに……」

最高のフルコース……。

最高……。

フルコース……。高いレストランへ行くと、コース料理というものが出される。

前菜、スープ、肉料理、魚料理、そして……デザート。そのすべてが、最高峰のもの。すなわち、それが最高のフルコースだ！

「この私に任せなさい」

マリィは固く決心した。この自信の無い少年が、最高とまで言う料理のコース。

……食べてみたい。いいや絶対に食べる！

そのために七つの、使い慣れた道具が必要なのだ。

「その道具、私が全部回収してあげますよ」

ぽかんと口を開けるカイト。だがまたも目から涙をあふれさせて……。

「うわぁあああああん！　なんて優しいんだぁあああああ！　ぼくのためにありがとうございますぅううう！」

「だからあなたのタメじゃないわ」

「ツンデレぇぇぇぇぇぇぇぇぇぇぇぇぇぇぇぇぇぇぇぇ！」

……もう面倒なので否定しないでおいた。

「でも……ぐす……どうやって道具を見つけるんですか？　どこにあるのかわからないのに」

「あら、簡単よ。ちょっと頭かして」

マリィはカイトの頭に手を乗っける。

「魔女式【思念逆探知《サイコメトリー》】」

その瞬間、マリィとカイトの意識がふわり、と宙にうく。

彼らの意識が遥か空の上に飛んでいく。

『わわわぁ！　なんですかこれぇ!?』

『思念逆探知って魔法よ。これであなたの念が宿った調理道具の場所を、見つけることができる』

本来、思念逆探知とは物体から記憶を読み取るだけの魔法に過ぎない。

そこに、マリィが独自に術式をアレンジした結果、持ち主から物体を探す魔法へと変化したのである。

カイトの胸の中心に、青白い炎がともっている。

『それは魂。そして、そこから伸びる鎖。その先に……あなたの求める七つ道具がある』

ぐるりとカイトたちは周囲を渡す。

カイトの魂から伸びる鎖は、世界各国に散らばっていた。

『すごいです、魔女様！　捜し物をこんな一発で見つけてしまうなんて！』

マリィは、一つの疑問を抱いた。

(なんで、たかが調理道具ごときが、世界各国に散らばるようなことになるのかしら……?)

ただの調理道具なら、まとめてマーケットにでも売られてるかと思った。

だが海や山を越えた、遥か遠方に、それぞれが散らばっているではないか。

(……正直、もっと簡単に全部そろうと思ったのだけど……ま、いいわ。おいしいご飯のためよ)

マリィが魔法を解くと、二人の意識は元に戻る。

「調理道具は見ての通り、世界各国に散らばってたわ。全部回収するわよ」

「うわぁあああああん! 魔女様優しすぎますぅううううううう!」

もう面倒なので無視。

「偶然にも、ここから一番近い街に、一つ道具が売られてたわ。それを回収しにいくわよ」

……マリィの懸念は当たっていた。

そう、なぜならカイトの持つ道具は、ただの調理道具ではない。

英雄達が使っていた、伝説の宝具を、調理道具に改良したものなのだ。

だから、世界各地に散らばっていたのである。

かくして、マリィはおいしいご飯のために、まずはカイトの七つある調理道具(※伝説の宝具)を集めることにしたのだった。

☆

魔女マリィと従者カイトは、彼の特別な調理道具があるという街へと向かう。

その道中での出来事だ。

「あら、何かしらあれ？」

「鶏……ですかね」

街道を進むと、街付近に、巨大な鶏がいたのだ。

いや、よく見ると下半身にどことなく竜のようなパーツが見える。

「思い出した！　あれ、コカトリスですよ」

「ああ……石化の魔眼を持つってモンスターね」

転生前のマリィも戦ったことがある。そんなに強い敵じゃなかった……はず。

「………………」

さて面倒だ。あの町にいって、カイトの調理道具を回収したいのに。

街の入口にあんな鶏の化け物がいては、入れないじゃないか。

「………………」

別に瞬殺するのはわけない。だがほっといても、街の連中がどうにかするのではないだろうか。

わざわざマリィが出張る必要もない。

「マリィ様っ。大変です、あの化け物は石化の力を持っておられます！　早く倒さないと甚大な被害が出るかと！」

だからなんだ。別に戦う義理は自分にはない。と思うマリィ。

その時だ。

ぐぅう……。

「…………」

腹が減った。ついさっき、熊ステーキを食べたばかりのはずだったのだが。

ドラゴンステーキ以上のインパクトがなかったせいか、あまり満足がいってなかったのだ。

ふと、マリィは口にする。

「カイト。鶏肉を使ったおいしい料理って、作れる？　ステーキ以外で、今の手持ちの調味料と道具で」

カイトは、魔女が何をいきなり言い出してるのだろうと首をかしげる。

今は人命がかかってる状況なのに……いや、と思います。

（魔女様のことだから、きっと何か、ぼくにはわからない、深い考えがあるに決まってる！）※ない
カイトは頭をひねらせて、口にする。

「ケバブ！　ケバブサンドなら作れます！」

「ほぅ……ケバブ。それはおいしいの？」

「はい！」

倒すモチベができた。ケバブ。なんだそれは。聞いたことない食べ物だ。

未知なるおいしいが、そこにある。

ならサクッとぶっ殺そうじゃあないか。

鶏肉が必要、ということで、いつものように風刃で攻撃する。

「ゲゲゲーーーー！！！」

「……ちょこざいな」

コカトリスは空を飛んでマリィの攻撃を回避して見せたのだ。

そして、石化の光線を放ってくる。

紫色の怪光線がマリィの足下に直撃する。

「魔女様！　ああ危ない！」

土煙が発生し……。マリィの体は、コカトリスによって石化……。

「問題ないわ」

「ゲゲゲェーーーーーー⁉」

コカトリスが驚愕する。確かに石化の光線を当てたはず。だというのに、マリィは無傷だった。

「運がなかったわね、あなた。私には反魔法領域《アンチ・マジックフィールド》が、常に展開されているのよ」

反魔法領域。マリィの作った術式だ。

彼女の体には結界の術式が付与されており、敵からの攻撃魔法が接近した瞬間に術式が発動。

薄い結界が彼女の周囲に展開して、敵の魔法を無効化するのだ。

「す、すごいです魔女様！　さすがです！」

「こんなの、前世じゃ常識よ。さては、あなた、風を読むのね。鶏の化け物だからかしら」

マリィの風魔法は、ドラゴンすら避けられないほどのスピードを誇る。

それを回避して見せたのだとしたら、風を読んでいたとしか考えられない。

「なら【落雷《ショック・ボルト》】」

マリィが人さし指を、コカトリスに向ける。

その瞬間、指の先から一筋の雷が発生。

目視できないスピードでコカトリスの顔面に直撃する。

びくんっ！　と体を硬直させた後、どさりと倒れた。

「あら？　おかしいわね？」

呆然とするカイト。そして……。

離れた場所には、冒険者らしき人物達がいた。

「なんだ今の……？」

「急にあの化け物が倒れたぞ……？」

「あの嬢ちゃんがやったのか？」

「一体何を……？」

困惑する冒険者達をよそに、マリィはコカトリスの元へと向かう。

敵は白目を剥いて、完全に死亡していた。

マリィはあきれたようにため息をつく。

「対象を麻痺させる、状態異常の魔法ごときで、何を死んでるんだか」

そう、今のは攻撃魔法ですらなかった。

離れた場所にいる敵を、一時的に麻痺させるだけの、威力の弱い雷。

だが、マリィの恐るべき魔法力が、魔法の力を底上げしてたのだ。

「未来のコカトリスは、魔法の衰退と共に弱くなったのね」

それは違う。単にマリィが前世よりも強くなっていたというだけだ。

無論彼女が言っていた部分も確かに正解ではあるのだが。

「ま、良いわ」

マリィは風刃でズタズタに引き裂いて、鶏《コカトリス》の肉を回収。

収納魔法を使用して、肉をその場から消した。

するとオーディエンスたちは、

「ええぇ⁉」

「なんだ今のは⁉」

「あの化け物が消えたぞ⁉」

「どうなってるんだ！」

と大騒ぎしているのだが、腹ぺこなマリィの耳には聞こえない。

さっさとカイトの元へ行き、鶏の肉を渡す。

「さすがです魔女様！」

「いいからケバブを作りなさい、今すぐ、なう」

「はい！」

そう言って、カイトは調理を開始する。

まず、鉄の串が必要だった。

マリィはカイトから頼まれて、串を調達してくる。

「これ使っていいんですか？」

「ええ、良いっていうんだから使っちゃいなさい」

串に切りきざんだ肉をぶっさしていく。それはもう、大量に肉を突き刺しまくる。

「ただ肉を串に刺しただけ？」

「ここからが違うんです」

串の下に炭火をたいてあぶっていく。すると積み重なった肉切れの塊が、じゅうじゅうと音を立てながら焼けていく。

カイトは石のナイフを使って、肉塊の表面を削っていく。

表面を削り、あぶって、また削る。そうすることで少しずつ、葉っぱのお皿の上に、焼いた鶏肉が積み重なっていった。

次にカイトは、奴隷商の馬車から拝借した、保存用のパンを用意。

「ほんとは手でこねたパンのほうがおいしいんですけど……」

「パンも作れるのか！　すごいな、君は！」

「ありがとうございます！　へへっ、魔女様に褒められてしまいました～♪」

硬いパンの上に焼いた鶏肉、そして乾燥した薬草に、乾燥木の実等をすりつぶして作った辛めのソース。

それらをすべてパンに挟んで、完成。

「できました！　ケバブサンドです！」

肉をパンで挟み、さらに野菜を載せる。それは全く未知の食しかただ。

マリィはキラキラと目を輝かせながら、ケバブサンドを頬張る。

「どう、ですかね……やっぱり新鮮なお野菜のほうが、おいしいですよね。すみません、あ、でもお肉がモンスターのなんで、薬草はにおい消しにもなって……」

「おかわり……！」

マリィは、もう一つペロッと食べ終えていた。

目をキラキラと、まるで星空のように輝かせながらマリィは熱弁する。

「うまい！　なんてうまいの！　この肉と、薬草と、パン！　三つの異なる食感と、辛めのソースとがあいまって、噛めば噛むほどうまみがあふれてくる……！」

カイトが呆然としながらも、二つめのサンドを作って渡す。

即座にマリィがむしゃむしゃ食べて、幸せそうに表情をとろけさせる。

「ただ焼いた肉なのに、うますぎる！　そうか、野菜とパンと一緒に食うことで、異なる食感を同じに楽しめるのだな！　極めつけはこの甘辛いソース！　どうやって作ったのだ⁉　甘いのに辛いなんて！」

「き、木の実と果実と野菜を混ぜて作りました」

マリィは感激したのか、食べ終わった後、ぽんぽんと彼の肩を叩く。

「最高だった！　ありがとう！」

ぱぁ……とカイトは表情を明るくして、ふにゃりととろけた笑みを浮かべる。

……そんな二人を、冒険者達は遠巻きにじっと見つめていたのだった。

☆

マリィがコカトリスを食する、少し前まで、時間は遡る。

彼の名前はギルデン。

Sランク冒険者パーティ【黄昏《たそがれ》の竜】のリーダーである。

男なのだが、長い髪に、猛禽類《もうきんるい》を思わせる鋭い目つき。

年齢は二十四という若さで、最高ランクの冒険者にまでたどり着いた、いわば天才であった。

ギルデンは力を、神から与えられた特別な存在だと信じて疑わなかった。

近衛騎士よりも、天導教会《てんどうきょうかい》の聖騎士よりも、そして他のどんな冒険者よりも強い。

そう自負していたし、実際にギルデンは言うだけの実力がある。

……だが、そんなギルデンでも手こずる相手が存在した。

それが……コカトリス。

見た目は鶏だが、れっきとしたドラゴンの一種だ。

古竜と呼ばれる、老成した竜の一種である。

歳を重ねた竜はより強大で、より凶暴な性格となる。

古竜コカトリスは、つい最近まで街にほど近いダンジョンの奥地で眠っていたらしい。

誰かが封印していたのだろう、とのこと。

そこには今は存在しない、封印魔法の残り香があったそうだ。

だがある冒険者パーティが封印を解いてしまう。

いにしえの時代に存在した、魔法の力を有した、恐るべき化け物が世に放たれたのだ。

多くの冒険者達がコカトリスに挑み、その全員が返り討ちにされた。

にっちもさっちもいかず、最強冒険者のギルデンにお鉢が回ってきた次第だ。

ギルデンは【二刀流】という、特殊なスキルを持っていた。

スキル、それはこの魔法が衰退した世界において、治癒術の使えない男が持つ、唯一のモンスターへの対抗手段。

能力が向上したり、通常ではあり得ない攻撃をできるようになったりする、特別な力。

ギルデンの二刀流は、二本の刃を自在に操るというスキル。

利き手ではない手で剣なんて普通は振れない。だが彼はできる。

神に選ばれし才能を持ち、精鋭の仲間達とともに、ギルデンはコカトリスに挑み……。

そして、あっさりと敗北を喫したのだ。

「ば、馬鹿な……このオレの、剣が……全く歯が立たないだと⁉」

ギルデンは目の前の化け物を見やる。

見上げるほどの巨大な鶏の化け物。

目は血のように赤く、体毛にはシミ一つ無い。

そう、ただの鶏にしか見えないのに、その実、全く別種の生き物である。

あの体毛にはどんな武器攻撃も通じない。

打撃も斬撃も、すべて吸収されてしまう。

そして、あの血のように赤い瞳。

あの目から放たれる石化の怪光線に当たると、その部分が石に変わってしまうのだ。

「くそ……！　みんな……！　石にされちまった……！　くそぉ！」

仲間達は決して弱くない。確かにギルデンに実力で劣るものの、それでも全員が確かな力を持つ冒険者たちだった。

だが、全員が石になってしまった。

ギルデンは右足が石化してしまっている。

「くそ……こうなったら……奥の手だ！」

ギルデンは両腕を高く掲げる。

こぉおお……と彼の手に握られし、二本の剣が輝き出す。

「ぜぁあああああああああ！」

飛び上がり、ギルデンは高速で斬撃を放つ。

「【流星剣】！」

輝く高速の斬撃が、まるで流星のように、コカトリスに襲いかかる。

全体力を使って発動させるこのスキルは、どんなに高い防御力を誇るモンスターをも、粉々にしてしまう……はずだった。

がきぃん！　という甲高い音。

「そん……な……オレの……剣が……」

防御を無視して、絶対に相手を殺すスキルだった。

だが……それが通じなかった。こんなのはギルデンが冒険者に……いや、人生で初めてだ。

彼は無様に地面に崩れ落ちる。

初めて覚える……恐怖。

圧倒的な力を持つ化け物を前に、彼は初めて、恐いと思った。

「グゲゲェエエエエエエエ！！！」

コカトリスの怪光線がギルデンに照射される。

彼の体が徐々に石になっていく。

そして……視界が暗転し、彼は死んだ……はずだった。

バチンッ……！

「な、なんだ……？」

次の瞬間、ギルデンは目ざめていた。……目ざめていた⁉

「⁉　な、なぜ生きている⁉　石化は⁉　コカトリスは⁉」

だが、不思議なことに目の前に居たはずの化け物は、消えていたのだ。

また……石になったはずの自分、そして仲間達すら……。

「うう……」

「あれ……？」

「ギルデン……どうして僕らは生きてるのですか？」

仲間に問われても、彼も何が起きたのかわからなかった。

「誰かが石化を解除したのか……？　だ、だが……コカトリスは？」

……さて。

彼に何が起きたのか解説しよう。

実はギルデンが石化によって死んだタイミングで、ちょうど魔女マリィが到着。

彼女の放った落雷《ショック・ボルト》。

それはコカトリスを一撃で死に追いやった……。

だけでは、なかったのだ。

実は周囲にいたギルデン達にも、落雷の余波が当たっていたのである。

この魔法は本来、敵を麻痺させる状態異常系のデバフ魔法。

しかしマリィのそれは強力すぎて、コカトリスを即死させ、さらに、周囲にいたギルデン達にも、その魔法の雷を浴びせたのだ。

その結果、彼らの石化は解かれた。状態異常魔法の重ねがけは、通常不可能である。

石化と麻痺、その二つの魔法をかけられた相手は、より練度の高い魔法による状態異常にかかることになる。

ようするに、コカトリスの石化魔法よりも、マリィの放った麻痺の魔法のほうが威力が上だった。

だから、石化がキャンセルされたのだ。

また、心臓が止まって死亡したはずの彼らだったが魔法によって強制的に心肺停止状態から解除された。

電気の力で心臓が再び動き出し、こうして死の淵からよみがえったのである。

……とまあ、マリィのおかげでコカトリスは討伐され、さらに石化によって死んだはずのギルデン達は、一命を取り留めたのだ。

「あ、あの……ギルデンさん。ちょっといいでしょうか？」

仲間のひとり、鑑定士の男が手を上げる。

「おれの持ってる【記録の宝珠トローン】に、妙なものが写ってるんです」

「なに？　記録の宝珠に……？」

魔道具《マジックアイテム》のひとつだ。

魔道具とは、かつてまだ魔法が全盛期だったころに作られた、魔法のごとき効果を発揮する不思議な道具である。

今、魔道具を作れるものはおらず、そのすべてが、遺跡やダンジョンから発掘されるものだけだ。

(※ちなみにマリィは魔道具を作れるし、修理もできる)

記録の宝珠とは、魔道具の一つ。映像を記録して保存し、再生することができる、というとてもレアなアイテムである。

一見すると翅《はね》の生えた、小さな目玉のお化けみたいな形。

その目玉を押すと、空中に映像が映し出される。

この鑑定士の男は、ギルデンのファンであり、彼の戦いの一部始終を記録するために、この魔道具を使っているのだ。

「ほら……見てくださいここ!」

「女……?」

映像の中には、空飛ぶ女が突如として現れて、手から雷を発生させて、倒していた。

そして、巨大なコカトリスをズタズタにすると、どこかへと消え去ってしまった。

「…………」

「これは……なんでしょう?」

「……………………わからん」

ギルデンをふくめて、この映像に映っていたものを、理解できるものはいない。

魔法が既に衰退している世界。

魔法がないのが当たり前なのだ。そんな世界の住人に、彼女が使った高等魔法を理解できるはずもない。

だが、ギルデンは一つだけ理解していた。

「この女が……未知の力でコカトリスを倒し、オレ達を蘇生させたのだ……」

ギルデンは素直に事実だけを、受け止めることにした。

グッ……と彼は歯がみする。自分が敵わない相手を、女が一撃で倒したのが……悔しくてたまらないのだ。

……それと同時に、彼女への強烈な興味を抱く。

「なんだ？　なにものなのだ、こいつは？」

映像を拡大してみせる。黒い髪に、冷たいまなざし。

「美人っすね……」

仲間の言葉に、他の連中もうなずく。

確かに美しい顔をしている。

「手から雷をだして、化け物を消してしまい、さらに死者を蘇生させるなんて……まるで……神様みたいですね、彼女」

魔法無き世界において、魔法を行使することはつまり、奇跡を起こす神の御業《みわざ》に等しい。

否定したい気持ちがわいてくる。だが、神の御業でなければ、コカトリスを倒すことは不可能だったろう。

「とにかく……このことをギルドに報告するぞ。下手したら国にまで問題が波及するやもしれん。一体彼女は今、どこで何をしているのだ……？」

まさか神のごとき力を振るった女が、森でケバブを食って「うめー」とのんきにつぶやいてるとは、この場の誰ひとり、想像できていないのだった。

☆

魔女マリィと従者カイトは、コカトリスのケバブを食した後、街へと訪れた。

遅かったので宿で一泊し、翌日、目当ての場所へと向かう。

コカトリス騒動から一夜明けて、街は平穏を取り戻していた。

だがマリィたちは何が起きたのか知らないし、そもそもマリィが倒したコカトリスのせいで、街に危機が訪れていたことも承知していない。

「ここね、魔道具屋」

「この中に、ぼくの調理道具がおいてあるんですね！」

魔道具。魔法の付与された特別なアイテムだ。今は作り手が絶無である。

魔道具屋とは言っても、やってるのは、かつて存在したアイテムの横流しや、壊れたアイテムの修繕くらい。

「しかし、なんで調理道具が魔道具屋になんて売られてるのかしら？」

「ばーちゃんからもらった調理道具には、おのおの魔法が付与されてるんで！」

「ふぅん……そのばーちゃんが魔法を付与したの？」

「いいえ、かつて存在した魔道具を改造しただけって言ってました」

なるほど。魔法の使い手がマリィ以外存在しない世界では、そうやって既存の魔道具を組み合わせて、新しい魔道具を作るみたいなこともするようだ。

「ま、良いわ。さっさと回収するわよ」

マリィたちは魔道具屋の中に入る。

そこには、骨董品のようなアイテムが飾ってあった。

鎧や剣、水晶玉。どれもに魔法が付与されている。だが……。

「なにこの……質の悪い魔道具の数々……」

前世魔女神ラブマリィの記憶のあるマリィからすれば、店に並んでる道具は、どれも低品質なものばかりだ。

仕方ないだろう。新しく魔道具を生み出せる人間がいないのだ。

古いものを今も使ってるのだから、経年劣化が起きてておかしくはない。

「マリィさまは、魔道具買ったことないのですか？」

前世では作る側だったし、今世では貴族令嬢なので、魔道具を買いに行く機会はなかった。

「ええ……しかしぼったくりじゃないのこれ」

すると……。

「なんじゃとっ！」

店の奥から、頑固そうなドワーフの老人が現れる。

ドワーフ。背は低いが筋骨隆々で、もじゃもじゃの髭《ひげ》を生やしている。また、手先が器用なのは、前世も今世も変わらない……と思う。

マリィはついくせで、魔力の有無を確かめる。ほどほどの魔力量だ。

「あなたが店主さん？」

「そうじゃ！　わしの作った魔道具にケチをつけるのか貴様！　このわしを誰だと思ってる⁉」

キレ散らかすドワーフをよそに、マリィは平然と答える。

「知らないわ」

すごまれてもマリィは動じない。こんなドワーフごとき恐くもなんともない。

魔王と比べればである。

一方、ドワーフはマリィの持つ妙な気配に気圧《けお》される。

「……ふん。で、何しにきた貴様。わしの魔道具に難癖つけにきたわけじゃあるまい」

「ええ。ちょっと魔道具見せてもらえないかしら」

「そこに出てるので全部じゃ」

「店の奥に」

すっ、とマリィが指を指す。

「あるでしょ、とびきりの魔道具」

「！　な、なぜわかる……？」

「逆に聞くけど、わからないの？　その魔道具に込められた魔力を見れば、一発でしょ？」

マリィは超一流の魔法使いだ。魔法を使うだけで無く、魔力を感知する術にも長《た》けている。

魔道具とは魔法が付与された道具。魔法には魔力が要るため、つまり魔道具にも魔力が込められている。

高い魔法の力を発揮する魔道具には、それなりの高い魔力が込められてる。マリィは、店の奥から、膨大な魔力量を感じられる何かを、感知していた。

「………」

ドワーフはマリィがただものではないと悟る。彼はおとなしく店の奥へひっこみ、そして目当てのものを取ってきた。

「あ！　ぼ、ぼくの調理道具！」

「この敷物が……？」

カウンターの上に置かれたのは敷物だった。それが簀巻きにされて置かれている。

「はい！　調理道具がひとつ、【魔法のクッキングマット】です！」

「クッキングマット……ただの敷物じゃ……ないわね」

マリィの目には、この魔道具に膨大な魔力が込められてるのがわかった。ふむ……。

「なかなかいい魔道具ね。一体誰が作ったのかしら……？」

「これくれたばあちゃんは、別の人からもらった道具を、改造した言ってましたけど……」

故郷のばあちゃんとやらとは、別の人間が作ったみたいだ。

「なんだおまえら？　この魔道具の持ち主なのか？」

「ええ、この子のなの。返してちょうだい？」

「駄目だ」

「なぜ？」

ドワーフは魔道具をぎゅっと抱きしめていう。

「こんな素晴らしい、世界に二つとない最高の魔道具を、手放してなるものか！」

「はあ……」

「こんなすごい魔道具、世界のどこを探しても見当たらないだろう。この魔道具を参考にすれば、わしにも魔道具が作れるやもしれない」

どうやらこの職人は、自分で魔道具を生み出したいようだ。

魔力があるから、まあできないことはないだろうとマリィは思う。

「なるほど。それは参考書なのね。書じゃなくて物だけど」

「そうじゃ！　だからこれは売れん！　いくら金を積まれようともな！」

「そ、そんなぁ～……」

カイトの表情が絶望に沈む。彼にとっては大切な調理道具なのだ。

マリィは、その思い入れなんて知ったこっちゃなかった。ただおいしいご飯を食べるために、このカイトには道具をそろえてもらう必要がある。

「店主さん。いくら金を積まれても譲らないって言ったわね」

「ああ、たとえ国家予算並の金額を積まれようともな！」

「じゃあ、代わりの魔道具と交換はどう？」

「なに？　代わりの魔道具……だと？」

「ええ。作るわ。今ここで」

「……素材となる魔道具はあるのか？」

「ない」

ドワーフは鼻を鳴らしてマリィの無知をあざ笑う。

「いいか小娘。魔道具の作るには現在、既存の魔道具を素材にして、それらを掛け合わせて作る以外に方法はない」

「それは事実かも知れないけど、真実では無いわ」

マリィは右手を前に出す。

すると、何もない空間に魔法陣が展開。

そこに手を突っ込むと、マリィは中から、一本のホウキを取り出す。

「あ、魔女様が乗っていたホウキ」

「なっ、なっ、なぁあああああああああああああ⁉」

ドワーフは目を大きく剥いてマリィを凝視する。

「お、おま……今なにを⁉」

「異空間にしまっていたこれを取り出したのよ」

「異空間……だと。馬鹿な。それは空間収納の魔法……そんな……魔法を……どうしてこんな小娘が……」

マリィはホウキを手にとり、ずいっ、とドワーフに押しつける。

「これでどう？　空飛ぶホウキ」

「空……飛ぶ⁉　馬鹿な！　あり得ない！　空を飛ぶ魔道具なんて、この世には存在しないぞ！」

魔法が衰退したこの世界では、飛行手段は竜に乗る以外にない。

飛行魔法がそもそも高度な魔法であり、それを付与することはさらに高度な技術を必要とする。

ゆえに、この未来の世界で、飛行魔法の付与された魔道具が存在しないのだ。

「うそ……ではあるまいな」

「どうぞお使いになられたら？」

ドワーフはマリィに疑いのまなざしを向ける。しかし、空間魔法を使って見せたのは事実だ。

ドワーフは恐る恐るホウキを手にとり、またがってみる。

ふわり……と空中に浮かんだ。

「なっ⁉　なにぃいいいいいいいいいいいいいいいいいい⁉」

ふわふわと空を飛ぶドワーフ。魔道具は問題なく使えるようだ。

「これと交換して？」

「魔女様、よろしいのですか？　ぼくのために……」

「いいのよ」

どうせ城のゴミ捨て場に置いてあったホウキに、適当に魔法を付与しただけの代物なのだから。

しかしカイトはまたしても、「ぼくなんかのために！　こんなすごい魔道具を手放してくれるなんて！　ありがとうございます！」と感激していた。

マリィはもう面倒なので流した。

一方で……。

「これでどう……て、何してるの、あなた？」

ドワーフはホウキから降りて、地面に土下座していた。

「数々のご無礼誠に申し訳ありませんでした！！！！」

ドワーフは悟ったのだ。目の前に居るのは、失われたはずの魔法を使う……凄まじい人物であると。

探し求めた、魔道具の作り手であることを。

「なんとお詫び申し上げれば良いか！」

「詫びは良いから、この子の調理道具返して」

「それはもう！　どうぞお持ち帰りください！」

マリィは嘆息して、カウンターのうえの敷物を手に取る。

「ほら、手に入れたわよ」

「ありがとうございます！　ああやった！　本当に魔女様はお優しいおかたです！」

別にこれで美味しいものが食べたいだけなので、感謝する謂れは無かった。

マリィは空間魔法でそれを収納する。

「邪魔したわね」

「お、お待ちください！　偉大なる魔女様！」

……偉大なる魔女？

ドワーフはひれ伏したまま、マリィにお願いしてくる。

「どうかこのわたくしめを、素晴らしい魔道具の作り手であるあなた様の、弟子にしていただけないでしょうかっ!!」

マリィの返答やいかに。

「お断りよ。じゃ」

マリィは颯爽《さっそう》と出て行こうとする。

キンエモンはその足にすがりつく。

「お願いします！　お師匠様！　どうか、わたくしめに、魔道具作りの神髄《しんずい》をお教えくださいませ！」

「勝手に師匠にするな」

マリィは足を部分的に風に変化させる。

ずしゃ、とキンエモンが地面に倒れる。

「ま、魔女様！　今のは？」

「ただの風魔法よ。身体を風に変えて移動する魔法なんだけどね」

それを応用することで、物理攻撃を回避したというわけだ。

もちろん、魔女神時代でも、超高難易度の魔法であり、マリィ以外に使い手はいない。

「すごいです！　魔女様！」

カイトが素直に褒める一方、キンエモンは何度も何度も頭を下げる。

「お願いします！　弟子に！　弟子にしてください！」

「くどい。私には、弟子なんて取らないわ」

今の彼女は、空腹で仕方なかった。

カイトが手に入れた新しい魔道具で、いったいどんなおいしいを提供してくれるのか。

今のマリィの頭の中を占めるのは、それだけだ。

しかしキンエモンは引き下がらない。

何度も何度も地面に頭をこすりつけて懇願する。

……彼は、ドワーフ国【カイ・パゴス】の、凄腕の職人に贈られる、【十二頭領】という称号を持っている。

ようは、国から認められるだけの技術力を、このドワーフは持っているということだ。

彼には十二頭領であることに対して、自負心を抱いていた。

十二人いる職人のうち、自分こそが、最も優れた技術者であると。

しかし……おごりだった。

目の前のこの、美しい女性こそが、世界最高の魔道具師であると、理解した。

目より先に手が肥えることはない。

キンエモンほどの職人となれば、真贋《しんがん》を見抜く目も十分養われてる。

そんな彼が認めるのだ。マリィの魔道具は、すごいと。

マリィは、すごい魔道具師だと。

しかし……。

「帰るわよ」

キンエモンが、世界に名をとどろかせる職人である彼が、ここまで頼み込んでも、マリィは見向きもしない。

「どうしても……駄目でしょうか？」

「だめね。そんな時間は無いの」

「！」

……時間が無い。それは、どういうことだろうか。キンエモンは考える。何か深い事情があるのではないかと。

まあ、そんなものは存在しないのだが。

マリィは帰ろうとして、ふと、近くに展示してあった皿、ナイフやフォークといった、食器類が目に入る。

「あら、良いじゃないこれ？」

「！　そ、そう……ですか？」

「ええ、素敵ね。とてもいいわ」

「！！！！！！！！！！！！　ありがとうございます！！！！！！」

天才魔道具師（※マリィのこと）から、褒められた。

キンエモンは天にも昇る心地を覚えた。

「そ、その食器類には自動洗浄の機能がついております」

「あら便利！　すごいじゃないの」

マリィとしては、単にご飯を食べる時に便利だなぁくらいにしか思っていなかった。

一方で、キンエモンは、感涙にむせていた。

世界最高の魔道具師から、褒められた！　この魔道具こそが、自分が極める道なのだ！

と。

そう、マリィは教えてくれたのだ。

手取り足取りではなく、言葉少なに。

自分が、極めるべき、進むべき道を示してくれたのである。それ以上の言葉は、アドバイスは、不要だった。（まあ勝手な思い込みなのだが）

「ぐす……その食器は、お持ちください」

「あら、いいの？」

「はい！　ただで持ってってください！　お礼です！」

「お礼……？　まあいいわ。じゃあもらってく。本当に良い食器よ」

（やはり、そうだ。自分は武器よりも、こういう生活に役立つ魔道具に特化した方がいいと魔女様は、そうおっしゃられているのだ！）

※おっしゃってない。

「それじゃ」

「ありがとうございました！　魔女様！　ありがとうございましたぁ！」

マリィが出て行ってもなお、キンエモンはその場で土下座し続けた。

後に、彼は一皮むけて、歴史に名を残す職人となる。

武器製作ではなく、生活の役に立つ小物を作ることに力を注いだ結果、十二頭領のなかでももっとも優れた技術者として、国から表彰されることになり、技術書には【生活魔道具の神】としてページにその名が刻まれることになる。

『わたくしがここまでこれたのは、師である魔女様のおかげです。導いてくれた、彼女に深い感謝の念を捧げます』

……だが残念ながら、別にマリィは彼を弟子とは思ってないし、導いてもいなかった。キンエモンが勝手に発言をいいように解釈し、勝手にレベルアップした……まあ結局自分の努力のおかげなのだが。

彼は死ぬまで、マリィのおかげですごくなれたのだと、周りに言って聞かせたらしい。

二章

魔女マリィは、ケモミミ料理人のカイトの調理道具を、見事一つ回収した。

マリィたちは街の外に出て、調理道具の試運転をしにきた。

街中だと少し目立つからとのこと。

「で、これがあなたの故郷のおばあちゃんが作った、魔道具？」

「はい！　その名も、【どこでもレストラン】です！」

「どこでもレストラン……？」

なんだか残念なネーミングセンスだった。

「変な名前」

「おばあちゃんのお師匠様からもらった魔道具を、調理用に改造したそうなんです。どこでも風呂敷って魔道具なんですけど」

「いずれにしろ変な名前ね。つけた人はさぞ残念なネーミングセンスしてたのね」

しかし実は名前を付けたのが、実はマリィ本人だったりする。

前世のラブマリィが残した成果物は、この世界では【遺物《アーティファクト》】といって、伝説級の魔道具になっているのだが……。

本人は、そのことをまるで知らなかった。

「名前はどうでもいいわ。重要なのは、その調理道具で、どんなおいしいものが食べられるか、よ」

エゴイスト魔女のマリィにとっては、自分の食欲を満たすことしか興味ないのだ。

「これ自体で特殊な料理が作れるわけじゃあないんですが」

一瞬、こいつ消し炭にしてやろうかと思った。

こんだけ苦労したのにおいしいのが食べられないだと？　じゃあ苦労はなんだったんだ？

「おいしい料理が、どこでも作れるようになります！」

だがすぐに殺意を収めた。おいしいものがどこでも作れる。最高じゃあないかと。

下手したら怒りで、この周辺一帯が消し炭になるとこだったとはつゆ知らず、カイトが説明を続ける。

「この調理マットをですね、こうして地面に敷きますと……」

簀巻きになったマットを広げる。

すると一つの古びた扉が出現した。

「空間魔法？」

「そうでそうです！　よくご存じですね！　さすが魔女さま！」

何もないところから、何かを取り出す等、空間を操作する魔法を、空間魔法という。

かなり高等な魔法であり、それが付与されてる魔道具は、すさまじいレベルのレアアイテムなのだが……。

「説明が長い。今すぐおいしいものを作りなさい」

「はい！　では、扉のなかへどうぞ！」

カイトが扉を引く。すると、信じられないことだが、扉の向こうにレストランが広がっていたのだ。

「まあ！」

キラキラと子供のように目を輝かせるマリィ。中は、高級ホテルもかくやといった客席があった。

シャンデリアに、白いクロスのかかったテーブル。落ち着いた、しかし豪華な客席に大満足のマリィ。

「食事は何を食べるかもそうだけど、どこで食べるかも重要よね！」

今まで森の中とかで食べていた時は、まあ味が良かったからいいものの、しかし野外での食事は気に入らなかった。

しかしどうだろう、この高級レストラン。しかも、貸し切り状態だ。

静かに食事を堪能できるこの場所を、マリィは大変気に入った。

「とてもいいレストランね。気に入ったわ。作った人を褒めてあげる」

と、作った本人がいう。自分が満足いく空間を作ったのだ、満足して当然だった。

客席に併設されるかたちで、厨房まで設置されていた。

なかには魔法コンロ、水道まで完備してある。

なるほど、どこでもレストランとは言いえて妙だ。外でもいろんな調理が可能になる。

「これって外はどうなってるの？」

「扉が閉まると、扉自体は消えます。また、敷物は周囲の色と同じ色に変わり、背景に同化します」

「なるほど、他者からは敷物が消えて見えるのね。やるじゃない。作ったやつ」

だから作った本人（以下略）。

苦労に見合うだけの、調理道具であった。

マリィは客席に座って、うんうんとうなずく。

「魔女様！　何を作りましょうか！　何でも作りますよ！」

「そうね……今は甘いものの気分かしら。ああ、でもあなた料理人であって、菓子職人ではないのよね」

いえ！　とカイトが首を振る。

「お菓子も作れますよ？」

「……なんですって？」

聞き間違えだろうか。お菓子まで作れると？

「お菓子も作れます！」

「………………」

マリィは天を仰いだ。こいつ拾ってほんとよかった、と心からそう思った。

「では、甘いものを所望するわ。私が食べたことないようなものを用意なさい」

「そうですね……でしたら、ハニトーはどうでしょうか？」

「ハニトー！　なにそれ、聞いたことないわ！」

未知なる料理にわくわくしながら、マリィが尋ねる。

「ハニートーストです。厚切りのトーストに、たっぷりの蜂蜜をかけて、バニラアイスやホイップクリームをトッピングするんです」

なんだそれは。神かな？　想像するだけでよだれが出た。

「パンなんて厨房に備えてあるの？」

「オーブンがありますので、パンを焼きます！」

なんだそれ。まさかパンまで焼けるとか、神か？

「小麦粉もミルクもありますし、あとは蜂蜜ですね」

「蜜……なら、妖精の蜜をかけるのはどうかしら？」

「妖精の蜜？」

「妖精たちが育てる花からは、特別甘い蜜がとれるの」

おいしいものに、おいしいものを掛け合わせることで、超おいしいものとなる。

完璧な方程式だ。宇宙の真理を見つけたかのように、マリィは自分の考えにうっとりした。

このケモミミ料理人なら、おいしいパンを作るだろうし、そこに妖精の蜜をかければ……じゅるり。

マリィのなかではもう、妖精の蜜のハニトーを食べる気まんまんだった。

しかし……。

「……あ、あの、魔女様。それは無理です」

「無理？　どうして？」

「だって、妖精なんてこの世には存在しないからです」

カイトに言われて、そういえばと思い出す。魔法の衰退したこの世界では、妖精は見かけなくなっているようだ。

彼らが食料とする、大気中に含まれる魔素《マナ》（※魔力の源）が減っているからだろうとは、マリィは踏んでいる。

だが、だからどうした。

「彼らは絶滅したわけじゃあない。妖精界にいるわ」

「ようせいかい……？」

「私たちとは別の次元に存在する、妖精たちだけの世界のことよ」

「そ、そんなとこがあるんですね！　知ってるだなんて、すごい！」

魔王をぶちのめす魔法を求めて、あちこち探索したことがある。

その過程で、妖精界を訪れたことがあったので、知っていただけだ。

「でも、妖精界ってどこにあるんですかね？　あんまり遠方だと、すぐにはハニトーは食べれないですけど」

「何言ってるの？　関係ないわ、遠さなんて」

「え？　ど、どうして？」

「妖精界なんて行かなくても、呼べばいいのよ」

「よ、呼ぶぅ⁉」

マリィは異空間に手を突っ込んで、そこから、一つの笛を取り出す。

エメラルドを削って作られた、美しい笛である。

「そ、それは？」

「妖精王からもらった笛」

「え、ええーーーーー!?」

カイトはどこから突っ込めばいいのかわからないでいた。

だが説明なんてしない。彼女はハニトーを食べたいから。

マリィが笛を吹く。

ぴぃいいいいっと、美しい音色が響き渡った。すると……。

目の前の空間にひびが入り、そこから、大量の妖精たちが現れたのである。

「え、えええええ!?　よ、妖精がこんなにたくさん!?　この世界では長い間、見たことすらなかった妖精が、向こうから会いに来るなんて！　す、すごすぎる！」

大量の妖精たちはマリィの前でひざまづく。

『おひさしゅうございます、マリィ様。あなた様とまた再会できるなんて、思ってもおりませんでした』

ひときわ年老いた妖精が、うやうやしくこうべを垂れながら言う。

他の妖精たちも、彼女との再会を心から喜んでいるようだった。

妖精たちを従える魔女様すごいと、カイトは思った。

マリィは、そんなのどうでもいいから、さっさと蜜よこせや、とだけ思っていた。

☆

魔道具【どこでもレストラン】のなかにて。

マリィの元に、妖精たちが現れた。

「すごいです魔女様！　妖精を召喚してみせるなんて！」

ケモミミ料理人カイトが感心する。だがそんなのどうでも良い。

「しかし、どういうご関係で？」

「どうでもいいわ、そんなこと」

重要なのは妖精の蜜をゲットし、最高のハニトーを食べることだった。

マリィは周りを見渡し、気づいたことを口にする。

「チェリッシュがいないようだけど？」

「ちぇりっしゅ？」

「こいつらのボスよ」

妖精たちの王のことだ。

だが……年老いた妖精が代表して言う。

『わが王は、今病床に伏しておいでです』

「病気……？　妖精が」

妖精は人間と違い、肉体を持たない。物理的な干渉は受けなかったはず。

『悪魔による、呪いを受けてしまわれたのです』

「あ、悪魔ぁ⁉　そんな……おとぎ話の化け物が存在するんですか⁉」

老妖精が重々しくうなずく。

『突如我らの世界……妖精界に悪魔が出現したのです。悪魔の呪いを受けた女王は起き上がれない身体となり、妖精界を維持する結界が弱まったせいか、我らが故郷は今危機に瀕しているのです……』

「そんな……妖精の世界が、ピンチだなんて……」

カイトは、純粋に妖精たちの身を案じていた。一方で、マリィはと言うと……。

「じいさん。ゲートを開けなさい」

老妖精が目をむく。

『げ、ゲート……』

「妖精界につながるゲートよ。さっさと開きなさい」

『お、おおお！　ありがとうございます！　魔女様ぁ！』

妖精と、そしてカイトはこう思った。妖精たちの危機を聞いた心優しき魔女が、悪魔を退治してくれるのだ！　と。

「勘違いしないでちょうだい。私はただ、妖精の花からとれる蜜が欲しいだけ」

現在倒れてしまっている女王。

その影響は、妖精界全体に及んでいる。

妖精の世界でしか育たない特別な花も、おそらくは枯れてしまっているだろうとマリィは考えた。

ならば直接出向き、結界を修復すれば、また妖精の世界にしか咲かない花が、咲いてくれるだろう。そうすればハニトーは食べられる。

……そう、妖精女王の安否とか、悪魔がどうとか、まったく関係なかった。彼女の興味関心は、あくまでも妖精の花、そしてそこからとれる蜜だけ。

世界のピンチとか、知ったことではないのだ。

先ほどの言葉は、文字通りの意味だったわけだ。しかし……。

「妖精の皆様、誤解無きよう！　魔女様のあれは、ツンデレですので！」

『『なるほど、ツンデレか！』』

まあ、勘違いしないで～は確かにツンデレの常套句ではある。

しかしあれは照れ隠しでもなんでもなく、本当の意味で使ったのだが……。

どうやらカイトは、そして妖精たちも、その言葉の裏にある魔女の優しさ（※ない）を感じ取ったようだ（※誤解）。

さて。

妖精たちはゲートを開く。これは別の世界に存在する、妖精たちの世界と、マリィたちの住んでいる世界とをつなげるトンネルだ。

マリィたちはそれをくぐり抜ける……。

一瞬の酩酊感が彼らを襲った。

しかし次の瞬間、彼らはまったく別の場所に立っていた。

「ここが……妖精たちの住む、世界……？」

カイトが困惑しながら周囲を見渡す。彼の中では、妖精たちはもっと彩り豊かな、きれいな場所に住んでいると思っていた。

しかし目の前に広がるのは、想像とはかけ離れた、荒廃しきった世界。

草木は枯れ、花々はしおれてしまっている。空気はよどんでいた。

『女王陛下が倒れ、結界が不安定になったせいで、外界からの干渉を受けるようになってしまったのです』

結界を張ることで内部の秩序は保たれていた。もし女王が生きていたら、悪魔の呪いを受けても、世界は平和だったろう。

「じゃあ、この枯れ果てた世界は、悪魔の呪いのせい……？　治せないんですか？」

『無理です。この結界の修復は、女王様にしかできません。また、悪魔の呪いは、陛下ですら解除不可能で……』

「そんな……じゃあ、もうどうしようもないじゃあないですか」

妖精は人間よりも魔法力に長けると、おとぎ話では書いてあった。そんな彼らでも治療不可能なら、この世界で誰も治せないじゃないか……。

そう、絶望するカイトと妖精たち。

そう……あくまでもこの世界では、だ。

「【全回復《オール・ヒール》】」

マリィが右手を掲げて、魔法を発動させる。

全回復。それは、どんな怪我や病気すらも治してしまう、治癒の魔法。

マリィの右手から放出された聖なる光が、みるみるうちに……全てを癒していく。

『お、おおー！　なんということじゃ！　結界が修復されていく！』

「す、すごいです魔女様！　呪いに犯された、妖精たちの世界が、一瞬で治ってしまわれました！」

荒廃した世界から一転、彩り豊かな世界がそこには広がっていた。

マリィの治癒魔法で、結界も花々も元通りになったのである。

『ありがとうございます！　魔女様！』

「妖精さんたちを助けるなんて！　さすがです！」

だが……まあ言うまでも無いことだろうが。

「勘違いしないでちょうだい」

マリィはふんっと鼻を鳴らして言う。

「別にあなたたちのためじゃ、ないんだから」

エゴイスト魔女は、あくまでも自分のおいしいのために力を尽くす。

しかし、彼女の行為は、結果的には世界をピンチから救ったことになるわけで……。

「『なるほど、ツンデレですね！』」

と解釈されてしまうのであった。

☆

魔女マリィは妖精の世界を元通りにした。

彼女の目的は、妖精界に生えている花の蜜。

「よし、これでハニトーが、食べれる……！」

マリィの治癒魔法のおかげで、荒廃しきっていた妖精界は元通りになっている。

あとは花を適当につんで、帰ろうとした……その時だ。

しゅうう……と花々が枯れていくではないか。

「お……？」

びきっ、と彼女の額に血管が浮く。せっかくハニトーが食えると思ったところに、誰かに邪魔された。そのことが、腹が立って仕方なかった。

一方、妖精たちはおびえた表情で周囲を見渡す。

『ま、魔女様！　お気を付けください！　あの悪魔が、どうやら気づいたようです！』

「あ、悪魔……ど、どこに！」

ケモミミ料理人カイトも周囲を見渡す。だがマリィはうつむいたままだ。

そこへ……。

『おれの食事の邪魔をするやつは、どこのどいつだぁ……！』

空が暗雲に包まれる。黒い靄《もや》のようなものが集合し、それは一匹の【豹《ひょう》】へと変化した。

『魔女様！　あやつです！　あやつがこの妖精界に闇をもたらした元凶……！　悪魔……【オセ】でございます！』

老妖精が何かを言ってる。だがそんなことは、どうでもいい。

『そう！　おれはオセ！　悪魔がなぜこの土地にいるのかと言うと……』

「おい」

ごごご……と彼女の身体からすさまじい魔力があふれていた。

感情の荒波がそのまま、外に放出されているようだ。

天地が鳴動し、今にも天変地異が起きそうな、そんな予感をさせる。

妖精たち、カイト、そして……悪魔すらおびえていた。

「あなたがどこの誰で、なんでここにるかなんてどうでも良い。だが一つ。ただ一つ言いたいのは……私の目の前から……失せろ。でないと、消す」

『『『おお！　魔女様――――！』』』

妖精たちは歓喜した。彼らの目には、こう見えていた。

妖精を虐げる悪魔。そんな妖精たちに同情し、義憤に駆られた正義の魔女が、悪魔に啖呵《たんか》を切っている……と。

カイトの目にも同じように見えていた。しかし、実際のところは違う。

彼女が怒っているのは、ひとえに、ハニトーのための蜜採取を、邪魔されたからだ。

どうやらあの悪魔の呪毒が花を枯らしてるようだった。

ならば悪魔が消えれば、花が枯れることもなく、無事目的を達成できる。

……もっと言えば。

一時的に立ち退いて、彼女が食べる分の蜜を回収さえできれば、もう後はどうなろうと知ったこっちゃないのである。

そう、今、彼女がこの場にいる一時だけ、居なくなれば良かったのだ。

……それを、悪魔オセは、勘違いした。

目の前の人間が、不遜にも悪魔に勝負を挑もうとしてると。

『いいだろう……ソロモンの悪魔の中で、もっとも毒の扱いに長けたこのおれ、オセが、貴様に呪いをかけてやる！　くらえぇぇ！』

オセが口を大きく。そこから、黒い靄が吐き出された。

靄には大量の呪毒が含まれてる。

触れれば死は免れない。しかもこの致死性の毒は、死後も魂をむしばみ続ける効果があった。

触れれば即死、そして死んだ後も苦しい思いをする。そんな、邪悪極まる毒であった。

『い、いかん！　あの毒は妖精王すら太刀打ちできなかった強毒！』

『いかに貴様の治癒魔法がすごかろうと、即死したら魔法をかける暇もないだろう！　がははは！』

もう駄目だ……と誰もが絶望するなか、ひとり、カイトだけは前を見ている。

「いいえ、悪魔オセ。あなたは、魔女様のお力を侮《あなど》っている！」

『なんだとぉ？』

「魔女様は負けない。おまえなんかに！　そうでしょう！」

その時だ。

彼女を包み込んでいた黒い靄が、一瞬で消えたのである。

『なにぃい⁉　ば、馬鹿な！　即死の毒だぞ！　どうして貴様、生きてるのだぁ！』

反魔法《アンチ・マジック》、という魔法がある。一言で言えば、魔法を解除する魔法のことだ。

悪魔の使う呪いの根底には、闇の魔法が使われてる。ようするに魔法なのだ。

魔法であるのならば、反魔法で打ち消すことは可能。

マリィはオセからの魔法攻撃を受けた瞬間、すさまじい速さで反魔法を展開したのだ。

魔法の発動の速さにおいて、マリィの横に出るものはいない。

が。

「警告はした。死ね」

マリィは別に敵に解説するような優しさなんて持ち合わせていない。

エゴイスト魔女にあるのは、最高のハニトーを食べるという気持ちのみ。

それを邪魔するオセに対しては、怒りしか覚えていない。

彼女は右手から光の魔法を発動させる。

「【ターンアンデッド】！」

肉体を持たぬ死霊系のモンスターに効く魔法だ。

そう、モンスターにだ。

『ふはは！　ばーか！　おれはモンスターじゃあない！　その魔法はモンスターにしか効かなギャアアアアアアアアアアアア！！！！』

めちゃくちゃ、効果てきめんであった。

『なんでぇだぁあああああああああああああああああ！！！』

ただの魔法ではない。マリィの、世界で最高の魔女が使う魔法なのだ。

その威力、その効果は、通常のターンアンデッドとは桁外れ。

モンスターだけでなく、悪魔すらも、退散させてしまうのだ。

結果、オセは敗北。

『魔女様が悪魔を倒してくださったぞ！』

『わあい！』『ありがとうございます！』

感謝する妖精たちと、そしてケモミミ料理人。

「さすが魔女様です！　正義の魔女！　かっこいいです！　尊敬です！」

マリィは治癒魔法で枯れた花を治し、一本手で折って、にっこりと笑った。

……それは、悪魔から弱き者たちを守れて、満足だ……と。

まるで正義のヒーローのような、そんな笑みを浮かべるものだから、妖精たちもカイトも感涙を流す。

……しかし実際には。

「これでおいしいハニトーが、やっと食べられるわ……！」

彼女は正義のヒーローなんてものではなく、ただのエゴイストの魔女であった。

☆

魔女のマリィは妖精の世界にて、悪魔を撃破した。

「さ、帰るわよ」

『おまちくださいなのじゃ！』

そこへ現れたのは、手のひらサイズの羽を生やした女。

頭には冠。ほかの妖精たちとちがって、魔力満ちている。

ほかの妖精たちは皆彼女のもとへかけよる。

『妖精王さま！』

『元気になられたのですね！』

『よかったぁ！』

泣いて喜ぶ妖精たち。

ケモミミ料理人カイトは、ハテと首をかしげる。

「魔女様。あのおかたは？」

「チェリッシュよ」

「！　じゃああれが妖精王……」

妖精王チェリッシュは、魔女マリィのもとへとやってくる。

そして、深々と頭を下げた。

『お久しぶりでございますじゃ、魔女神ラブマリィ様』

「元気そうね、チェリッシュ」

『ええ、おかげさまで』

マリィはかつて、チェリッシュがまだ女王ではない時に、命を助けたことがあった。

その時の恩をチェリッシュは覚えていたのである。

「よく私がわかったわね」

『わかりますじゃ、その誰にも負けない強い魂の輝き。こんなにも強く美しい魂は、マリィ様をおいてほかにおりませぬて』

「あっそ。まあ良いわ。私はこれで」

さっさと立ち去ろうとするマリィ。

『お待ちください！　まだお礼をしておりませぬじゃ！　世界を救い、そしてわらわを二度も助けてくださったことに対するお礼が！』

だがマリィは言う。その手に、先ほど手に入れた花を一本携えて。

「お礼はこれで十分」

そもそも花の蜜が手に入ればそれで良かった。

「それじゃ」

『うぉおお！　またれよおおおおおおおおおおおお！』

マリィの前で妖精王が土下座する。

なんだ潰すぞ？　と思ってるところに、チェリッシュが言う。

『そんな！　そんな花一本ですむ問題ではございませぬじゃ！　世界と王の命を二回も救ったのですぞ！』

「だから、見返りはこの花で十分だって」

『なんと！　なんと！　なんとぉおお！　お優しいおかたじゃ！』

妖精王が言うと、ほかの妖精たちも涙を流す。

『世界を救って花一本でいいだなんて』

『無償で世界を救ってみせる魔女様すてき！』

『我らに恩義を感じさせまいという配慮、素晴らしい！』

どうやら妖精とカイトのなかでは、助けたのにお礼を受け取らない、無欲の英雄とマリィに見えているようであった。

大間違いにもほどがある。

そもそもこのエゴイスト魔女は、最初から欲しいもののためでしか動いていない。

マリィはもう、ハニトーに使う花をゲットした。目的は達したのだ。ほかにいらない。

本当の意味でそう言ってるのに……。

『金貨を用意してまりますじゃ！　八万枚ほど！』

「いらない」

『ならば伝説級の魔力結晶は⁉』

「いらない」

『妖精界の秘宝は……』

「だから、いらない」

『おおお！　何とぉお！　なんと無欲で素晴らしいおかたぁああああ！　うぉおおお！』

……そろそろウザくなってきた。マリィは、いらついていた。ハニトーをさっさと帰って食べたいのに。

邪魔するようなら消すぞ……と思ってる。

『おねがいしますじゃ！　なにか、お礼させてください！　さすがに心が痛みまする！』

「あー……」

ウザい。よし消すか。いや……待てよ。

「たしか……ここ小麦があったわね」

『はぁ……。小麦ですか。ありますが』

「それだ。袋にいっぱい、小麦を入れてきなさい。大至急。それでいいでしょ」

ハニトーに使うパン。それを作るのに必要な小麦。

たしか妖精界の小麦は、甘くておいしかったはず。

それを使ってパンを作れば、さぞおいしいだろう。

妖精の蜜（うまい）＋妖精界の小麦のパン（うまい）＋凄腕料理人＝ちょーおいしいハニトー
（↑結論）

『魔女様……なんて素晴らしいおかたなんだ……助けられた我らが、気を遣わないようにと』

「もうそれいいからさっさともってこい。今すぐ。なう」

もうあと一秒でも無駄口叩いたら消し炭にするところだった。

妖精王、そして妖精たちはそれで手を打つことにしたのか、大至急小麦を用意してきた。

しかも、一袋でいいところを、山のように持ってきたのである。

「わぁ！　すごいです！　こんな上質な小麦みたことない！　本当のもらってよろしいのですか？」

カイトが妖精王に尋ねると、彼らは笑顔でうなずく。

『もちろんですじゃ。というか、本当のこの程度でよろしいのですか、魔女様？』

マリィは右手に炎の魔法をためだした。もうぶっ殺してしまおうかと。

「魔女様！　これだけあればハニトー作った後も、ちょーおいしいパンが毎朝食べられます」

「うむ、許そう」

毎日ちょーおいしいパンが食えるならいいか。

マリィにとってはおいしいが何より優先されること。

しかしやはり妖精たちは、マリィのこの無欲さにいたく感激し、その場にひれ伏す。

『ありがとうございましたのじゃ、マリィ様。受けた恩は、子々孫々にまで伝えてまいりますゆえ』

「あっそ。じゃあね」

『ははあー！　ありがとうございましたーーーー！』

そういって、妖精はマリィたちを、どこでもレストランへと帰してくれた。

マリィは限界だった。

「カイト……早く……ハニトー……」

「わかりました！　すぐ作りますね！」

……マリィは椅子に座って、ため息をつく。

『お疲れだなぁ、魔女さん』

「…………………………は？」

テーブルの上に、一匹の黒猫が乗っていた。

左右で翡翠《ひすい》と金色の、違う色の目をしている。

「だれ、あんた？」

『お忘れかい？　おれだよおれ！　悪魔のオセ！』

妖精界に混乱をもたらしていた悪魔が、マリィの目の前に現れたのだ。

それに対してマリィはというと……。

「ハニトー……まだかしら」

ふぅ、と悩ましげに息をついた。悪魔なんて、眼中にないのである。

魔女マリィは妖精界で、花の蜜をゲットした。

カイトの魔道具【どこでもレストラン】のなかで、彼が作るハニートーストを心待ちにしていた……。

☆

が、そこに現れたのは、猫の姿の悪魔、オセ。

悪魔。負の情念が形を成した、化け物。

契約を結び、力を与える代わりに、契約者に取り憑《つ》くことで、彼らのエネルギー源である負の感情を手に入れる。

たとえば、恐怖。たとえば嫉妬。たとえば憎しみ。

それは契約者本人のでなくていい。ようは、与えた悪魔の力を使って、人間に負の感情を発生させる。それを吸収することで、悪魔はより強くなれるのだ。

『魔女様、どうでしょう。このおれと契約して、さらなる強さを手に入れたくはありませんかぁ？』

「ハニトーまだかしら」

『おおい！　聞いてんのかよ！』

マリィは完全にオセをスルーしていた。もはや彼女に、この悪魔をどうこうする気はない。

こないだは、妖精の花の蜜を採取するのに、邪魔だったから消しただけだ。

『なあお願いしますよぉ。どうです？　もっと強くなって、世界とか征服しちゃうのはどうでしょ！ねえ！』

「興味ないわね」

本当に、興味はない。世界とか征服して何になるというのだ。

それに悪魔と契約せずともマリィは十二分に強い。

契約するメリットなんて、一つもないのだ。

『おれはあらゆる毒を作り出すことができます！　即死性、遅効性、この世にある毒、次元を超えた世界の毒、どんな毒でさえも作り出すことができるんです！』

「いらないわ。毒なんて。使い道が限られるでしょ？」

相手を毒殺するくらいしか、マリィには思いつかなかった。しかし毒殺なんてしなくても、魔法を使えば敵なんて簡単に倒せる。

「ということで、契約はしません」

『そんなぁ……』

「私を動かしたいなら、おいしいを用意することね」

『無理だっつーの……おれ、肉体があるわけじゃあないし。あの小僧のように料理ができるわけじゃあない』

自分でおいしいものを捕まえることも、料理することもできないという。

「論外」

『うぐぅ～……』

と、その時である。

「魔女様……ハニトーできました……」

「でかしたわ、カイト！」

さっきまでの退屈そうな表情から一転、マリィの瞳がきらきらと星空のように輝く。

しかしカイトはなんだか落ち込んでいる様子。

『おい獣人坊や。あとにしてくれよ。おれは今、魔女様を勧誘中』

「黙れ食事の邪魔をするな消すぞ？」

『さーせん！　まじさーせん！！！！』

猫悪魔はがたがたと震えながら地面にひれ伏す。

テーブルの上に、カイトがハニトーを乗せる。

「ああ！　なんて、なんておいしそうなの！　ハニトー！」

厚切りのパンの上には、白いアイスが乗っている。そして、その上からたっぷりと妖精の蜜がかけられていた。

焼きたてらしいパンの熱で、アイスがとろけている。

妖精の蜜と溶けたアイスがパンににじんでおり、もううまそうでしかなかった。

「魔女様、ごめんなさい。最高のハニトーを作る予定だったのですが……」

「？　もうこれで十二分に最高じゃないの？」

「いえ、ほんとはバニラアイスを乗っけて完成なんです」

「バニラ……？」

聞いたことない単語だった。

「植物です。そこからとれる香料……バニラエッセンスとまぜたアイス……バニラアイスを使って作るハニトーこそが至高なんです。ですが……」

「ふむ……バニラエッセンスとやらがないのね」

「はい。ただ、ぼくの故郷でしか育たない、特殊な植物でして……」

なんてことだ。そんな特殊な植物からとれる、特殊な香料が必要だったなんて！

いやでもこの状態でも普通にうまそうだし……。

しかしできれば完璧なハニトーが食べたい。ああ、今すぐに……。

『バニラエッセンスなら、おれが作れるぞ？』

「なにぃ⁉　オセ、本当なの⁉」

悪魔はこくんとうなずいて説明する。

『おれさまはこの世に存在するすべての毒を分泌できる。毒ってのはようするに、化学物質だ。バニラエッセンスに含まれる化学物質を調合すれば……』

オセはしっぽを、ハニトーの上に伸ばす。

しっぽの先端から、透明な液体が一滴垂れる。

するとバニラの甘い香りが、マリィの鼻こうをくすぐった。

「なんていい香りなの！　これが完璧なハニトーなのね！　いただきます！」

ナイフを使ってハニトーを切る。

ふわふわのパンに、妖精の蜜とアイスクリームがまざりあっている。

口の中にいれた瞬間、バニラの香りと、妖精の蜜のコクのある甘味が広がる。噛めば噛むほどパンのふんわり触感に、妖精の蜜＋アイスの甘味が加わってくる。

「おいしいわ！　最高よ！」

今まで食べたことのない、甘い、甘い、スイーツ。マリィはいたく感激した。

一方で、ケモミミ料理人カイトはオセにキラキラした目を向ける。

「バニラエッセンスが作れるんだったら、お醤油とかお酢とかも作れるの？」

『あ、ああ。香料だけじゃなくて調味料もな』

「すごい！　オセさんがいれば、もっと料理の幅が広がるや！」

なるほど、とマリィはうなずく。

一方でオセは、『いやいや坊ちゃんよ。調味料や香料ってのは、おれの力のあくまで一部でしかなくてよ、おれの真の力は敵を苦しませて殺す毒なんだが……』

マリィはびしっ、とオセを指さす。

「あなた、採用」

『え⁉　い、いんですかい？』

「ええ。調味料、香料、ゲットできるなら！」

『だ、だからおれは……はぁ、まあいいや』

どんな形であれ、マリィと契約を結ぶことができたのだから。

これでマリィを使って負の感情を引き出してやる！　と意気込むオセ。

一方マリィはうまいものをこれからもたくさん、山ほど食べられる。それを想像して、幸せな気分でいっぱいになる。

『ぎゃああ！　やめろぉお！』

突如として悪魔が苦しみだす。

カイトが慌てて尋ねる。

「ど、どうしたんですか悪魔さん？」

『おれぁ正の感情が苦手なんだよ！　いらねえんだよ！　おれが欲しいの負の感情なの！』

「はぁ。おいしすぎて天に召されそうだわ」

『やめろぉおおお！　こっちも天に召されるわぁああああああああ！』

なにはともあれ、魔女に新しい仲間が加わったのだった。

魔女マリィはおいしいハニトーに大変満足した。

満足したので……。

「次はしょっぱいものが食べたいわ」

『いやなんでだよ、食ったばっかりだろ……』

悪魔オセがツッコミを入れる。

ケモミミ料理人のカイトの上に、黒猫姿のオセが載っている。

「甘いものが食べたらしょっぱいものが食べたくなるのよ。しょっぱいものを食べたら甘いものが食べたくなるわ」

『無限ループだな……ってか、魔女様よ。そんな食ってばっかりじゃ太る……ふげええ！』

マリィは風の魔法でオセを持ち上げると、そのまま圧力をかける。

【風重力《エア・プレッシャー》】という中級風魔法だ。

「私は太らないわ」

「魔女さまはお美しいです！　スタイル抜群だし！」

「ありがとうカイト。体型は身体強化魔法を応用し、代謝を促進することで維持してるのよ」

なるほど、と納得するカイト。

一方でオセは『たしゅけてぇ……』と悲鳴を上げてる。

ぱちんっ、と指を鳴らすと、オセがカイトの頭の上に載る。

『なんて女と契約しちまったんだい……』

「素敵な魔女様と契約して、羨ましいです！」

『あんたも大概盲目だなぁおい……で、しょっぱいものって具体的に何食べるの？』

ふむ……とマリィは考える。

「なにかある、カイト？」

『丸投げかよ……ぐえええ……！』

風の魔法で押しつぶされるオセ。

カイトは少し考えて、オセに尋ねる。

「オセさん、お醤油って分泌できるんですよね？」

『あ、ああ……可能だぜ』

「なら、お寿司なんてどうでしょうか！」

「『おすし……？』」

オセもマリィも聞いたことない料理だった。

「生の魚を、ライスに載せて、お醤油をつけて食べるんです！」

『猫でもないのに、人間が生魚なんて食うのか？　おいおい聞いたことねえぞ。腹くだすんじゃあねえの？』

オセの言うとおり、この世界で生魚の喫食はあまり流行していない。焼いて食べるか、煮て食べるかのどちらかだ。

マリィもちょっと躊躇《ちゅうちょ》しつつも、カイトならおいしく食べれる調理方法を知っているだろうと思って、うなずく。

「それでいきましょう」

『えー……魔女様、大丈夫かよ？』

「カイトを信じてるもの」

カイトは信じてもらえてうるうると目を潤ませる。そして絶対おいしいものを作る！　と固く決意した。

「必要なのは魚とライスね」

「細かい調味料は要りますけど、大きくはその二つですね」

米。この世界でも確かにある。しかし……。

『こっち側のライスっていうと、ぱさついててあんまうまくねえ印象だな』

「はい。極東米が一番お寿司に合うかなと」

『ああん？　極東だぁ……？　それって、東の果てにある、小さな国だろ？』

マリィたちが住んでいるのは、六大大陸といって、六つの大陸がくっついた巨大な土地である。

一方極東は六大大陸から東へずっと行った先にある小さな島国だ。

『結構遠いって聞くぜ？　どうやって海をわたるんだ？』

「ホウキでひとっ飛び……と言いたいとこだけど、ずっとホウキに乗ってるとお尻痛くなるわね」

「じゃあ船で生きましょう！　ウォズって漁港の街から、たしか出てましたよ」

なるほど、とマリィはうなずく。

「では行き先は極東で決定。まずはウォズの街へ行くわよ」

「はいっ！」

☆

魔女マリィは次なるおいしいもの、寿司を食べるため、極東へ向かうことにした。

極東へは船を使う必要があったため、一度、王国の港町ウォズへと向かうのだった……。

「ここがウォズの街ですね！　海の匂いだー！」

ケモミミ料理人カイトがキラキラした目を街に向ける。

だが彼の頭の上に乗ってる悪魔オセが、首をかしげる。

『なーんか街の雰囲気が暗くねーか？』

確かに人は多いのだが、うつむいたり、各所で困った顔の人たちが見受けられた。

「言われてみればそうですね。なにかあったのでしょうか……」

心配するカイトをよそにマリィはスタスタと港へと進んでいく。

『おい魔女様よ、どうしたんだろうって気にならねーの？』

「ならないわ。どうでもいいもの」

マリィに取って重要なのはおいしいものをいち早く食べること。

町の人が困っていようがいまいが何も問題なかった。

マリィは船に乗るため、港へと向かう。しかし……。

「船が……出ないですって？」

ここは商業ギルド銀鳳《ぎんおう》商会の受付。

漁船は人を乗せて海を渡れない。人を乗せられるのは、商業ギルドが管理する大型船だけだという。

しかし商業ギルドの大型船は現在運行停止中らしい。

受付嬢は申し訳なさそうな顔をしながら説明する。

「現在、海に海魔蛇《シー・サーペント》が大量出現しておりまして」

カイトが首をかしげる。そこに、こっそりとオセが説明する。

『海に住む馬鹿でかいモンスターだったな』

「なるほど……モンスターがうろついてて、船が出せないんですね」

どうやら海魔蛇の異常繁殖が起きてるらしい。

やつらは海に住んでいるため、陸地まではあがってこないが、漁船も商業船も出入りできず、大変困っているとのこと。

「理解したわ」

マリィは颯爽と、ギルドを出て行く。

カイトは首をかしげた後、すぐに何かに気づいた様子になって言う。

「魔女様！　海魔蛇どもを、倒してくださるのですね！」

ざわ……と商業ギルドにきていた人たち、またギルド職員たちがマリィに注目する。

受付嬢が恐る恐る進言する。

「お、お客様……やめておいたほうがよろしいかと。今まで何人ものベテラン冒険者が挑んで負けております。ついこないだ、Aランク冒険者パーティをたばねた、レイドパーティで挑んで壊滅にまで追い込まれましたし……」

それほどまでに、厄介極まる強敵ということだ。

しかしマリィはおびえた様子もなく、自信満々に言ってのける。

「問題ないわ。一匹残らず駆除してやる」

周りは困惑していた。いにしえの時代と違い、今は魔法が廃れてしまっている。

こんな非力でか弱そうな乙女が、恐ろしい化け物を倒せるものか。みな、そう思ってる。

しかし彼女が放つ妙な自信が、もしかしてと周りの人たちに希望を抱かせた。

特に、カイトはマリィに笑顔を向ける。

「さすが魔女様！　困ってる人たちを放っておけない！　なんて優しいのでしょう！」

「勘違いしないでちょうだい。別に、あなたたちのタメじゃあないんだからね」

カイトは思った。ツンデレだと。周りの連中も思った。なんだツンデレかと。

『これツンデレじゃなくて事実なんだよなぁ……。どうせ飯のためだろ、魔女様よ？』

「当然」

彼女は食欲を満たすことしか考えていない。

それを阻むものを退治してみせるだけだ。

しかしその姿を端から見ると、弱き者のために立ち上がる勇敢なる乙女に見えるから不思議である。

マリィは一直線に漁港へと向かう。

入り口は冒険者たちが封鎖していた。

「嬢ちゃん、どこいくんだ？　今は港は閉鎖中だぜ？」

無精髭の冒険者が、マリィにそう言って行く手を阻む。

だが、彼らを無視してマリィはすたすたと中に入ってく。

「お、おい嬢ちゃん！　やめときなって！」

「オセ。麻痺毒《パラライズ》。弱いので良いわ」

オセが悪魔の力を使う。冒険者がその場にくたぁ……と倒れる。

「こ、これは……麻痺スキル？　嬢ちゃん！　待て！　危ないって！」

自分を阻む者がいなくなったのを確認し、マリィは漁港へと到着。

すると、大量の巨大なウミヘビが海中から出現した。

「ジュラララララァアアアアアアアアアアアアア！」

『こいつらが海魔蛇か。Aランク冒険者が挑んで負けたっつーことだから、Aランクモンスターだろうな。しっかしこんだけ大量にいて……大丈夫なのか、魔女様よ？』

マリィはオセをつまんで、後ろに控えているカイトに放り投げる。

カイトは魔女が奇跡を起こし、街を救うことを信じて疑っていない様子だ。

「ジュラアアアアアアアアアアアアアアアアアアアア！」

海魔蛇の一匹が、マリィに向けて、口から水のブレスを放つ。

高圧水流がマリィに襲いかかった。

「に、逃げろ！　そのブレスは鉄の鎧も盾もバターみたいに斬っちまう！」

背後で冒険者が忠告する。挑んだことがあったのだろう。

マリィは右手を前に出す。

ぶぶんっ、と彼女の前に光のドームが展開。

ブレスはドームにぶつかった瞬間、かき消えた。

「なにぃいいいいい!?」

驚く冒険者、そしてオセ。

『あ、ありゃあ……反魔法領域じゃあねえか！』

「なんですか、それ！」

『魔法を打ち消す魔法……反魔法のバリアだよ。信じられねえ……あれは高ランクの魔法使い複数名が、数十日かけて完成させるバリアだってのに……あの女はひとりで、しかも一瞬で展開させやがった……！』

悪魔オセは、人間より遥かに長生きしている。ゆえにいろいろなものを知ってるのだ。

いちいち解説しないマリィの代わりに、オセがカイトに説明してる……。

複数体の海魔蛇がマリィに対して、水ブレスを一斉に照射。

しかしそのことごとくを打ち消す。

やがて魔力が切れたのか、海魔蛇たちが攻撃を止める。

「終わり？　じゃ……次は私の番ね。【颶風真空刃《ゲイル・スライサー》】」

風の極大魔法、颶風真空刃。

海上に巨大な竜巻が出現する。

それはその場にいた海魔蛇たちを飲み込み、真空の刃でズタズタに引き裂いて見せた。

そして、バラバラになった海魔蛇たちは、マリィの空間魔法によって、一匹残らず別空間へと移動させられる。

海に……再び平穏が戻った。

「すごい！　さすが魔女様！　あんな化け物を倒してしまうなんて！」

わ……！　とカイトが両手を挙げて喜ぶ。周りで様子をうかがっていた、商業ギルドのメンバーたちも、信じられない……と今目の前で起きたことに驚いていた。

「なんだいまの？」

「風を発生させただって！」

「これって……伝説の、魔法？」

「いやいや、ありえないだろ！　魔法なんて使える人間はいないんだぞ？」

「でも……現にあのお方が風を操り敵を倒しましたよ！」

カイトはギャラリーに対して言う。

「みなさん！　もう安心してください！　皆様を苦しめていた悪いモンスターは、魔女様が倒してくださりました！」

「「おおおー！　ありがとうございます！　魔女様！」」

『いや信じるの速すぎだろおめーら！』

しかしオセのツッコミも、スルーされてしまう。

『このガキが言って、はいそうですかって信じるか？　確かに目の前で魔法を起こしてみせたけどよぉ……それにしちゃ信じるの速すぎだろ。どうなってやがる……？』

首をかしげるオセをよそに、街の人たちがマリィに近づいて、口々にお礼をする。

だがマリィは実にクールに言う。

「お礼なんて必要ないわ。あなたたちのためじゃないんだもの」

「「なるほど、ツンデレですね……！」」

『馬鹿しかいねぇのか……？』

☆

マリィたちはお寿司を食べるため、極東へ向かうことにした。

港町を占拠していた海魔蛇の群れを殲滅《せんめつ》した後……。

マリィは、豪華な商船の、一等室のなかにいた。

商業ギルドの職員達は、あの海魔蛇の群れを倒してくれたお礼に、船を手配してくれたのである。

「すごいお部屋です！　魔女様のおかげで、こんなにも良い部屋に泊まれるなんて！　ありがとうございます！」

豪華な部屋を用意されようが、マリィには関係ないことだ。

椅子に座って、彼女は開口一番に言う。

「お腹が減ったわ」

『いやまたかよ！』

悪魔オセがツッコミを入れる。マリィはお腹を押さえながらカイトに言う。

「なにか手持ちの食材で、食べれるもの作れない？」

「そうですね……海魔蛇を使った……蒲焼きなどどうでしょうか！」

蒲焼き。なんだそれは、聞いたことがないぞ……！

マリィが笑顔になる。

『この魔女……飯のことになるとすんげえ笑顔になるよな……笑えばどんな男もイチコロだろうによ』

「カイト。それを作りなさい」

ケモミミ料理人カイトがうなずく。

「特殊な調味料がいるんで、オセさん、お願いします」

『ちっ。たくしょうがねえな……』

オセとカイトはどこでもレストランを出す。

この魔道具は異空間へ繋がっており、そこには調理場と客席が……レストランがあるのだ。

「さ、魔女様！」

「いや、私はここで待つわ。海を見ながら食べるのも……なかなか乙じゃないかしら？」

食にはどこで食べるというものも重要だ。

魔道具のなかの、高級レストランで食べるのもいいが、海を見ながら食べるのもまた、新鮮味があっていいかもしれない。

「わかりました！　では、作って戻ってきますね！」

「早くしてちょうだいね」

カイトとオセが異空間に消える。

ふぅ……とマリィは息をつく。

「ふふ……蒲焼き……聞いたことない料理は、大抵おいしいんだわ……」

期待に胸を膨らませるマリィ。

しかし……。

ギギギギ……ギギギギギッ……ギギギギギッ……。

「………」

船が、きしんでいる。いや、揺れているのだ。

「なにかあったのかしら……？」

船の窓から外の様子をうかがう。

空が黒い雲に覆われていた。高い波に船が揺れている。

「……嵐……？」

窓を叩く雨音がやかましく、さらに揺れる船が不快感を増す。

イライラが募ってきた。

「せっかくあの子が、おいしいものを作ってるというのに……！」

それを邪魔するのであれば、たとえ相手が天災だろうと、関係ない。

マリィは船室を出る。

ズンズンと進んでいくマリィを、船員が止めようとする。

「どこいくんですか！」

「外よ」

「大嵐だぞ！　危険すぎる！」

だがマリィは船員の制止を振り切り、甲板の外に出た。

顔に雨がすごい勢いで当たってくる。

だがマリィは気にせず両手を広げる。

「い、一体あの人はなにを……？」

船員が怪訝なまなざしを向ける一方で……。

マリィは、魔法を発動させる。

「術式展開【天候操作《ウェザー・コントロール》】」

マリィを中心として、巨大な魔法陣が展開した。

それはマリィが作った、大規模な儀式魔法。

魔法陣から発せられた光が、天を貫く。

その瞬間……分厚い雲に覆われていた空が、一気に……晴れた。

「な、な、なんだぁ……!?」

船員があまりのことに腰を抜かす。

嵐が止んで、船の揺れが止まる。

マリィは満足げにうなずいて、部屋に戻る。

「ちょ、ちょっとまってお嬢さん……いや、そこのあなた様!?」

船員がマリィを引き留める。

「い、いまのは……一体……?」

「あなたに説明する義理はない」

ちょっと動いて腹が減ってしまったのだ。

さっさと部屋に戻ってご飯ご飯、と上機嫌のマリィ。

天候操作の術式は、高名の魔法使いが、何年もかけて完成させる物。

しかしマリィは単独で、しかも、ほぼ一瞬で魔法陣を完成させていた。

いにしえの時代でもそんな芸当ができる術者はいないだろう。

魔法の衰退した世界では、まさに、神が奇跡を起こしたとしか思われない。

「神……だ。海の神様だ……！」

マリィを見て、船員が叫ぶ。だが当の本人はそんなの気にせず、さっさと部屋に戻るのだった。

☆

魔女マリィたちは海を渡って、極東へ向かっている。

その船内でのこと。

コンコン……。

マリィの船室のドアを、誰かが叩いた。

「誰でしょう？」

「無視しなさい」

マリィはケモミミ料理人カイトにそういう。

『おいおい魔女様よ。別に今あんた何もしてないじゃあねえか』

「してるわよ」

『ただ椅子に座ってぼうっとしてるようにしか見えないがね？』

「カイトの作った蒲焼きの余韻に浸ってて、忙しいのよ……」

『実質何もしてねえじゃねえか！』

先ほど、カイトは海魔蛇の切り身をつかって、蒲焼きを作ったのだ。

マリィはそれを食べて、大変満足してたところである。

椅子にふんぞり返って、幸せな表情を浮かべるマリィ。

「世の中にはまだまだ食べたこと無いおいしいであふれてるのね……」

一方カイトは迷った後、ドアを開けて外に出る。

魔女の邪魔にならないように、外で話を聞くことにしたらしい。

するり、と黒猫の悪魔オセもまた外に出る。

そこには、船長らしき男と、彼の部下である船員が数名いた。

「魔女様に何かご用でしょうか？」

船長達は、魔女が出てくると思っていたので困惑する。

だが、メッセンジャーなのだと理解して、本題に入る。

「実は、魔女様に近海の主を倒してほしいのです」

「きんかいの……ヌシ？」

『海の化け物ってことかよ？』

オセの言葉に船長がうなずいて説明する。

「近海の主とは文字通り、ここいらの海に出没する、強大な力を持ったモンスターのことです。あやつのせいで、毎年かなりの数の被害者が出ております」

『そいつのいないルートを通ればいいじゃねえか』

「そうなのですが、あやつめはルートを変えたとしても執拗に追いかけてくるのです」

『そんなことじゃ、船なんて全滅だろう。どうして今まで無事だったんだ？』

「みな、高いお金を出して魔物よけのポーションを買い対策しておるのです」

だがその薬はかなり高額らしい。船を出すたびにそんな大金がかかっては、いずれ破産してしまうと。

「そこで、魔女様にどうにか近海の主を、討伐していただけないかと……」

『なんであの女なんだ？　ほかのやつらじゃだめなのかよ？』

「ええ。すでに冒険者を雇って討伐を試みたのですが、海の上だと彼らも力を十全に発揮できないらしく……」

『なるほどね。魔法がない世界じゃあ、遠距離での攻撃手段なんて、せいぜいが弓くらいだもんな』

最も高火力な遠距離攻撃の手段である、魔法の無い今では、海上の魔物を倒すのに非常に苦労するようだ。

「魔女様が起こしたあの奇跡……感動いたしました。まさに、魔女神様に匹敵する強さ！」

『匹敵っつーか本人なんだが……まあ信じねえか。なるほど、であの女に魔法でどうにかしてもらいたいと』

船長達は深々と頭を下げる。

「お願いします、魔女様！　もうあなた様に頼るしかないのです！　なにとぞ、なにとぞ～！」

だが……返事がこなかった。

『当然か。食欲にしか従わねえ女だもんな。ま、あきらめな』

「そんな……」

するとカイトが尋ねる。

「近海の主ってどんなモンスターなのですか？」

「クラーケンという、巨大なタコの化け物です」

「タコ……それだけ大きなタコなら、おっきいたこ焼きがいくつも作れるかも……」

ばーん！

「話は聞かせてもらったわ」

「「魔女様！」」

『でたな食欲の魔女。ぐえぇえ！』

マリィがオセを踏んづけて、にやりと笑う。

「私に任せなさい。クラーケン、討伐してやるわ」

「「おおおー！」」

「さっすが魔女様！　やはり、困った人はほっとけない、素晴らしいおかた……！」

「「ありがとうございます!!」」

船員達が頭を下げる一方で、マリィが鼻を鳴らして言う。

「勘違いしないでちょうだい。別に、あなたたちのためじゃあないんだからね」

「「おおー！　ツンデレ！」」

『これツンデレじゃないんだよなぁ～……』

マリィは未知なるたべもの、たこ焼きのために、クラーケンを討伐することを決めたのだった。

『しかしどーすんのよ、魔女様よ』

マリィは甲板へと向かう。その方の上にオセが乗ってる。

『近海の主は、どこにいるのかわかってるのか？　この辺の海域っていっても、結構広いぜ？』

「問題ないわ。船長、帆をたたんで、船を停めなさい」

船長が命令し、マリィの言ったとおりにする。

風を受ける帆がなくなったので、船が停まる。

『船なんて停めてどーすんだよ』

「こーするのよ」

マリィは船の先頭にたち、右手を前に出す。

「【水竜大津波《タイダル・ウェーブ》】」

その瞬間……。

ごぉおおおおおおおおおおおおお！　と船の目の前に、巨大なうずしおが出現した。

『大津波を起こす水の極大魔法じゃねえか！』

「それを応用して、このあたりの海流を操作し、うずしおを発生させてるのよ」

『海流を操作……？　まさか、うずしおを発生させて、海中の化け物を引き寄せるつもりか！』

激しい水の流れが海中の生き物たちをかきあつめる。

その中心から……。

どっぱーーーーーーーん！

「「「で、でたーーーーーーーーーーーー！」」」

化け物のようにでかい、巨大なタコが出現したのだった。

『こんだけの大きなうずしおを発生させるなんて、魔女の魔法相変わらずやべぇ……』

マリィはクールに言ってのける。

「さぁ、巨大たこ焼き……いただきます！」

『この暴食魔女……もうタコを倒して食った気でいやがるぜ……』

船の前には巨大なタコがいる。

名前はクラーケン。

この大型船より一回り体のサイズは大きい。

大樹のごとき八本の足がうねうねと、それぞれ蠕動《ぜんどう》している。

ぎろりと、クラーケンがこちらを見下ろしている。

知性があるらしく、マリィに怒りのまなざしを向けていた。

「ひぃぃい！」

「あれが数々の大型船を沈没させてきた近海の主！」

「ベテラン冒険者がクランをくんでも勝てなかったらしいぞ……！」

船員達が完全に萎縮してるなか、マリィは不適に笑うと、右手を前に出して魔法を発動させた。

「【颶風真空刃】！」

マリィお得意の風の魔法だ。

海上に巨大な竜巻が発生する。

逆巻く風の渦のなかには、無数の真空の刃が含まれている。

「でた！　魔女様の必殺技！　颶風真空刃！　相手は粉々になって死にます……！」

『ん？　まて！　様子が変だぜ魔女様よぉ！』

マリィも気づいていた。風の魔法を受けても……。

「ぴぎゅうううううううう！」

「なっ⁉　い、生きてるだってぇ……⁉」

ケモミミ料理人カイトが驚く。

彼はマリィの魔法をずっとそばで見てきた。

彼女の放った風の刃は、今までどんな魔物の体もバラバラにしてきた。

しかし、このクラーケン、五体満足である（タコに適用して良い表現かは定かではないが）。

「そんな……どうして⁉」

「体が柔らかいのね。だから、刃が通らない」

クラーケンは冒険者達の武器攻撃がほとんど効いていなかったという。

それはどうしてか。

クラーケンの体は軟質性であり、刃が通らないのである。刃が肉体を切断する前に、肉体を変形させ、斬撃をとおらなくしているのだ。

『おいおい魔女様どーすんの？　今まで敵をすべてワンパンで倒してきたけど、ここでようやく強敵おでましかぁ？』

「ぴぎゅぅうううううううう！」

クラーケンが口から大量の酸を吐き出した。

「まずいですぞ魔女様！　あの酸はどんなものも溶かしてしまう強酸と聞きます！」

「問題ないわ」

マリィは右手を前に突き出す。

結界《バリア》の魔法が発動。クラーケンの酸を正面から受け止めた。

『へっ！　ばかタコがぁ！　悪魔のおれの酸を受けても溶けない強固な結界だぞぉ！　てめえごときちんけなタコの酸が効くわけねーだろうがよぉ！』

「すごい！　魔女様！　なんでオセさんが得意げなんですか？」

酸を防いだマリィ。

『んでどーすんよ？』

「問題ないわ」

クラーケンが怒ったのか、その巨大なタコの足を振り上げて……。

船にぶつかるまえに、固まった。

『なぁっ⁉　た、タコの野郎が攻撃をやめただと……いや！　違う！　固まってやがるんだ！』

オセが叫んだとおり、タコの体が徐々に硬くなっていく。

「凍っていきます！　あの大きなタコが、まるごと！」

『そうか！　柔らかくて斬れなくても、硬くすることで斬撃がとおるようになるんだな！』

「すごい発想です！　さすが魔女様！」

あとは、マリィはいつも通り、颶風真空刃《ゲイル・スライサー》を発動させて、クラーケンをぶつ切りにして海に沈めた。

マリィは優雅にきびすを返す。

それを見ていた船員、船長達が、ひざまづいて言う。

「ありがとうございます！　魔女様！」

「長らくわれら海の民を苦しめていた怪物を倒してくださり！　ありがとうございます！」

マリィはさらっ、と髪の毛をすきながら、クールに言う。

「別に、あなたたちのためじゃないんだからね」

自分の食欲のタメなのだ。しかし……。

「「おおお！　なんという、ツンデレ！」」

『こいつらほんとに感謝してるのか……？　馬鹿にしてるように聞こえるけどよぉお』

どちらにしても、マリィにとっては関係のない話だった。

☆

マリィは海の化け物、クラーケンを撃破して見せた。

ぶつ切りにしたタコは異空間に収納。

マリィはニッコニコで船室に戻る。

「さっ、カイト。タコはゲットしたわ。たこ焼きを作ってちょうだい」

『おいおい魔女様よ。船長が何か言いたげだったぜ？　無視して帰ってきて良かったのかよ？』

「さ、カイト！　私はお腹がペコペコよ！」

『きーてねーし……』

しかしケモミミ料理人カイトはちょっと申し訳なさそうにしていた。

『なんだガキ。どうしたよ？』

「実は……たこ焼きを作る上で、必要不可欠なものがなくて」

『なんだ？　材料か？　調味料ならおれが出せるが？』

「そうじゃなくて、金型が必要なんです」

『はぁ？　金型……？　つぅと、剣とか作る時に、溶かした剣を流し込むための、あの鉄板を掘って作られたあれか？』

そうです、とカイトがうなずく。

「たこ焼きの作り方は、今オセさんが言ったのと似てるんです。金型にたこ焼きの素を流し込んで焼いて、丸く仕上げる感じです」

『はーん……なるほどねえ。具材じゃ無くて料理道具がないわけか』

カイトが図を書いて説明する。鉄板にいくつも丸い穴があいており、底が球体上にくりぬかれてる。

『こんな複雑な加工、並の連中にゃ無理だろ。カイ・パゴスのドワーフどもくらいか。この辺で売ってるやつもいないだろうし……どうするよ魔女様よ？……魔女様？』

マリィは静かに……泣いていた。

「『ええー!?』」

「……頑張ったのに、食べられないなんて……ショックすぎる……」

『お、おいおい泣くことはねえだろ！　な、一食くらい我慢しろって。だいいち寿司食いにいくんだろ今から？』

「たこ焼きも食べたい……」

めそめそと涙するマリィ。

カイトは焦っていた。

オセは目を丸くして、『この女でも泣くんだな』とつぶやく。

と、その時である。

こんこん……。

「は、はい……なんでしょう……って、船長さん！」

この船の船長が挨拶に来たのだ。

マリィの前まで来て、ぎょっ、と目を剥く。

「ど、どうなされたのですか魔女様は⁉」

『気にすんな……んで、何か用なの？』

「あ、そうでした。我らをお助けくださったことにたいして、感謝申し上げに参ったのです」

船長が帽子を取って、深く頭を下げる。だがマリィは涙を流した状態で、「気にしなくて良いわ……」と言う。

その様を見て船長は、

「魔女様！　人命を救助できて、泣くほどうれしいなんて！　なんと慈悲深きお方……！」

とウルトラ勘違いしていた。

『用がすんだらとっとと帰ってくれ。こっちは今取り込み中なんだよ……って、なんでおれが仲介みたいなことしてんだよ……』

カイトは魔女が泣いてて、ずっとあわあわしてるからである。

「感謝のお印にお礼をと思いまして」

『お！　金か！　あー……まあでも金は今いらねーんだよな。そうだ、ここ商船だろう？　鉄板とか取り扱ってねーか？　もしくは、ドワーフの職人でもいい』

オセがそう言うと、船長が少し考え込む。

「鉄板はないですが……ドワーフの職人はおります」

『お！　そいつちょっと連れてきてくんねーか。可及的速やかに！』

ややあって。

ギルドのおかかえドワーフが、ちょうど極東に向かうこの船に乗っていたのだ。

オセがたこ焼きに必要な金型について説明する。

『ってかんじなんだが、作れそうか？』

「ううむ……難しいのう。工房に帰ればなんとかなるやもしれんが、ここは船の上じゃ」

そりゃそうだ……とオセがつぶやく。

「魔女様、鉄板はないのですが、こちらはどうでしょう……？」

『って！　魔銀《ミスリル》じゃあねえか！　超レア金属の……！』

魔銀のインゴットが数本、船長の手に握られていた。

交易品として船に積んであったらしい。

「お礼にこちらをさしあげます。これでは無理でしょうか？」

「魔銀の加工はわしでも難しい」

そうなのか、とオセ。

『魔銀を伸ばして、穴をくりぬいてみたいなことってできねーのかよ？』

「無理無理！　たとえ道具がそろって、ここが工房だったとしても、魔銀の加工は不可能ですじゃ。加工には繊細な魔力操作が必要で、今この世界でそれができるものはおりませぬ……」

泣き疲れたのか、魔女が魔銀を目にする。

くわっ……！　と目を剥いた。

「よこしなさい、それを。今すぐに！」

「あ、え、は、はい！」

マリィは魔銀を手に取って、宙にうかす。

両手に魔力を込め、インゴットを餅のように引っ張る。

「な、な、なんとぉおおおおおおおおおおおおおおおおおお⁉」

ドワーフが驚愕するなかで、マリィは魔銀のインゴットを空中で加工していく。

「すごい！　魔銀は通常の鍛造《たんぞう》とちがい、魔力操作のみで形を作る特殊な加工品！　それをこんな、自在に形を変えてしまうなんて！」

マリィはあっという間に、たこ焼きの金型を作り上げた。

「カイト！　これならどう⁉」

「！　魔女様……！　いけます！」

「でかした！　よし、作ってきなさい！」

「はいっ！」

カイトはどこでもレストランを取り出して、厨房の中へと消えていく。

「なんじゃとぉおおおおおおおおおおおおおおおおおお⁉」

「うるさい」

マリィは風《ウィンド》・槌《ハンマー》でドワーフを部屋の外へと追い出す。

『おいおっさん、何驚いてたんだ？』

オセが様子を見に行く。

ドワーフはゆっくりと体を起こして、指を指す。

「先ほどの少年が使っていたのは、人知を超えた魔道具じゃ。異空間に人が消えるなんて神の奇跡」

『そんな大げさなもんなのか？　あの女が作ったらしいけどよ』

「作られた……！　まさかあれは、弟が言っていた……魔女様!?」

『弟だぁ……？』

と、その時である。

「魔女様！　完成しましたー！」

「でかした！　ほわぁああ……！　たこ焼き！　なんて……おいしそうなのかしらー！」

カイトがレストランのなかから魔女を呼び立てる。

その皿には、卵のような料理が載っていた。

見たことのない形だ。

「ま、魔女様！　もしや、あなた様は弟のキンエモンが見たという、凄腕魔道具師の魔女様ではございませんか!?」

そう、なんとこのドワーフ、以前マリィがホウキと引き替えに、どこでもレストランをゲットした際に関わった、ドワーフの兄だったのだ。

弟から情報共有されていたのである。

「魔銀の加工に、その凄まじい魔道具！　こんなのができますのは、凄腕職人のあなた様においてほかにおりません！」

「おお！　魔女様は強いだけでなく、職人として一流なのですね！　すごいです！」

だが、そこへ……。

「うるさい。風槌」

「「ぶふぅうううううううう！」」

船長達が部屋から追い出される。

かなり加減されていたのか、体にダメージはないようだ。

不憫そうな顔で、オセが彼らを見下ろしていう。

『わりいな、あの魔女様は飯の邪魔されるのが一番嫌いなんだよ。しばらくほっといてやんな』

「「は、はひ……わかりました……」」

オセがレストランへいくと、魔女がほふほふ……と幸せそうな顔でたこ焼きを食べていた。

「おいしいわ！　外はかりっ、中はとろっ、そしてタコの食感もあわさって、不思議な食べ心地！　ああおいしい！」

「魔女様！　ソースをかけるとさらにおいしいですよ！」

「なにぃ！　おいオセ！　早くソースを出しなさい！」

はぁ……とオセがため息をついて、『なんかこう……こいつらの世話係みたいになってるの、なんなの……？』と独りごちるのだった。

☆

マリィたちは順調に極東へと向かっていった。

船室にて、マリィは優雅にたこ焼きを食べている。

「あーむ……」

マリィが食べているのは、通常のたこ焼きの上にめんつゆ（オセが出した）と、大根おろしをかけたたこ焼きだ。

めんつゆにひたひたに漬けられたたこ焼きを、一口食べるとじゅわりと甘みが広がる。

そこに大根おろしのさっぱりとした風味が加わり、絶妙な調和を取れている。

「おろしめんつゆたこ焼き……凄すぎるわ。おいしすぎる……」

そこへ、ケモミミ料理人カイトと黒猫悪魔オセが外から戻ってきた。

『あんたまだたこ焼き食ってたのかよ』

「ええ。おいしくて無限に食べられるわ。それにタコもまだ余ってるしね」

クラーケンは恐ろしくデカいモンスターだった。

そこから回収できたタコのぶつ切りは相当量あり、直ぐには食べ切れないほどである。

それでもカイトが飽きさせないように、いろんなたこ焼きの食べ方を教えてくれる。

やはりこの旅にカイトは必要不可欠だな、とマリィはご満悦な表情でうなずきながら、そう思った。

『船の連中から情報を仕入れてきたぜ』

オセがテーブルの上に乗っかって説明する。

『あと半日もすればエドって街に着くらしい』

「そこに米があるのよね」

今回極東へ行く理由は、おいしい寿司を食べたいからである。

寿司には極東米という、極東で栽培される特殊な米が必要。

だから、マリィは海を渡ってこの島へと来た……のだが。

「どうやら、ちょっと問題があるらしいのです」

『米は不作で、このところ取れてないんだと』

たこ焼きを食べる手を止めて、マリィが顔を手で隠す。

マリィにとってご飯を食べれないのが何よりも辛いことだった。

「ま、魔女様！　落ち込まないでください！」

『いちいち泣くなよ……ないんじゃなくて、取れていないってだけだよ』

マリィが顔を上げる。

「どういうこと……？」

『異常気象が続いてるんだとさ、このところずっと』

カイト曰く、米は稲作といって、特殊な育て方をしないと収穫できない。

しかも天候に非常に左右されやすい、とのこと。

『極東は四季っつって、一年で四つ季節が変わるらしいんだが、なんかそれがめちゃくちゃになってるんだとさ』

日照りが続いたと思ったら洪水が、そして雪が降ったりと、完全に四季を無視した季節の変動が見られるらしい。

「原因は？」

別に事件の真相なんてどうでも良い。

ただ、自分の敵を見定めておきたいだけだ。

おいしいお寿司を食べられなくしてる、不届き者をこらしめたいがゆえに。

『呪術王っつー、呪術使いが今極東で猛威を振るってるみたいだ。そいつのせいだ』

「ふーん……呪術王ね。そいつが犯人か」

マリィが決意を胸に拳を握りしめる。

「そいつ……ぶっ飛ばす！」

「！　魔女様……それって……！　もしかして……！　極東に住まう人たちを助けたいからですか⁉」

また始まった……とオセがあきれた表情になる。

どうにもこのケモミミ少年は、魔女の行いを全部肯定的に捉える様子である。

今も目をキラキラさせてて、正義の魔女が弱き者のために立ち上がったとしか思っていない。

だがオセはわかってる。こいつは結局、自分のためにしか動かない女なのだと。

「ふん。勘違いしないでちょうだい。私はただ寿司が食べたいだけよ」

「ツンデレですね……！　さすが魔女様！　お優しい！」

ふんっ、と鼻息をつくマリィ。

「なんにせよ原因がハッキリしててよかったわ。その呪術王を見つけだして撃破。しかる後、米を回収」

『そんな直ぐ見つかるもんかね？』

「見つけるわ。なんとしても！」

寿司のために……！　とマリィ。

その後たこ焼きを食って時間を潰してると……。

「そろそろ極東に着く頃合いかしらね」

『おいおいでもなんか、船停まってねーか。窓の外の景色がうごいてねーぞ』

マリィがひょっこりと窓から顔を覗かせる。

オセの言うとおりだった。

「トラブルの予感だわ」

マリィが船室を出て行く。

カイトはトラブルを解決しに行く魔女様カッコいいと思ってる。

が、ほんとは単にご飯を邪魔するものを排除に向かってるだけだ。

甲板に出るとすごい雨が降っていた。

顔にびしゃびしゃと雨粒がたたきつけられて不愉快である。

船長たちが困った表情で空を見上げていた。

「なにがあったの？」

「オオ！　魔女様！　実は船が出せぬのです」

「大雨のせい？　なら天候操作《ウェザー・コントロール》で……」

その時である。

ピシャッ……！　とまばゆい光がマストにぶつかり、雷鳴をとどろかせる。

カイトは「うひゃあ！」とその場に丸くしゃがみ込んでしまう。

「なるほど……この雷のせいなのね」

「はい。しかもあの雷、どうにも意思を感じるのです。この船を狙い撃ちしてるというか」

雷がまた輝く。今度は甲板に穴を開けた。

「なるほど……雷を誰かが撃ってきてるのね。……上等だわ。受けて立つ」

マリィが戦う意思を示す。

船長は余計な船員達を引き下がらせた。

『おいおい大丈夫なのか？　相手は雷だぞ？』

「問題ないわ」

ピシャッ……！

マリィは右手を頭上に掲げる。

雷がマリィに直撃する……。

だがしかし、マリィは無事だった。

「おおお！　魔女様！　すごい、今のでご無事だなんて！」

『どうやってんだ？』

マリィが息をつく。

「反魔法よ。どうにもこれは、魔法で雷を発生させている。となれば、反魔法で打ち消せられる」

魔法を打ち消す魔法、反魔法を使って、マリィは外敵の雷を打ち消す。

『守ってるだけじゃ勝てねーぞ？』

「言わずとも、わかってる。それにもう捕まえたわ」

マリィが右人さし指をぴんとたてる。

うっすら指から、半透明の糸のような物が伸びていた。

『なんだよそれ？』

「魔力の残滓《ざんし》……まあ残りカスみたいなものね。それを操作して糸に変えた」

敵の攻撃は魔法による物。つまり魔力を元にしている。

反魔法で魔法を打ち消し、相手の魔法の残りかすを操作して糸に変えた……。

その糸はどこにつながっているか。

「姿を現しなさい」

くいっ、とマリィが糸を引っ張る。

するとイタチのような獣が空から落ちてきた。

『ちくしょう！　この雷獣様が捕らえられるなんて！』

どうやらこの獣は雷獣というらしい。

どう見ても、食えそうに無かった。だから……。マリィは倒さなかった。

「骨折り損のくたびれもうけね……」

『もうそのモンスターを食える食えないで判別するのやめろよ……』

一方で雷獣を捕らえたことで雷はピタリと止まった。

雨足も心なしか少なくなってる気がする。

「すごいです魔女様！　雷の化け物を捕らえてしまわれるなんて！」

船長がマリィに感服する。

そしてカイトは目を輝かせて言う。

「さすがです魔女様！　困ってる船の人皆を助けてしまわれるなんて！」

くどいようだが、別にこいつらのためには働いていない、と思うマリィであった。

四章

マリィたちは極東の港町、エドへと到着した。

しかし街の雰囲気はかなり暗い。

『しんきくせー顔してやがんな、みんな』

黒猫の悪魔オセが、ケモミミ料理人カイトの頭の上から、街の様子を見渡す。

皆うつむいて歩いている。

店はほとんど閉まっていた。

その場にしゃがみ込んでいる人も多数見受けられる。

商船の船長に話を聞く。

「以前はもっと活気のある街でした。しかし呪術王が現れてからというもの、この有様です」

マリィは船長達とともに港町を見て回る。

かつては賑わっていただろう街は、息絶える寸前だった。

「何も売ってませんね……」

『呪術王のせいで天候がめちゃくちゃになってるっつってた。作物も育たねえんだろ』

オセの言葉に船長がため息交じりに言う。

「それだけはございません。呪術王のもたらす、毒……呪毒のせいで水や土が汚されておるのです」

船長は街の井戸のもとへ連れて行く。

おけを井戸の下へ落とし、ひもを引っ張りあげる。

『うげえ！　なんだこりゃ。汚れてるじゃあねえか』

「ひどい……こんな水、飲めないですよ……」

おけのなかには泥水と大差ない、濁りきった水が入ってる。

「水を濾《こ》して飲んでますが、腹を下すものが続出しております」

『井戸水がこれじゃ、川の水も同じく汚れてるか。山もひでえ有様だろうな』

呪術王の出現で、この極東という国は崩壊一歩手前らしい。

商船が運んできた救援物資をもらうため、多くの人たちが船の前に並んでいた。

「正直、もうこの島はおしまいだとみなが思っております」

「魔女様……」

すがるように、カイトがマリィを見やる。

彼女の瞳は、怒りで燃えていた。

「許せないわ……！　こんな酷いことして……呪術王！」

ごぉ……！　とマリィの体から怒りの感情とともに魔力がほとばしる。

カイトはそれを見て、マリィが義憤に駆られてると思い込んでいた。

「魔女様！　もしかして……」

「ええ、私が呪術王を倒してみせる……必ず！」

おおお！　と船長とカイトが歓声を上げる。

オセだけはわかっていた。

『あんたがキレてるのって、極東のおいしい食材が、呪術王のせいで取れなくなってるのにキレてるんだろ？』

「？　ほかになにか怒る理由ある？　ないわよね！」

やっぱり……とオセがあきれたようにため息をつく。

いつだってどこだって、彼女は自分の食欲に忠実なのだ。

エゴイスト魔女に人助けの三文字は存在しないのである。

あくまで自分の果たしたい目的があって、その間にモンスターやらが邪魔するから、倒してるだけ。

彼女が弱き者のために戦ってきたことなど、今まで一度も無かった。

さておき。

「しかし魔女様。呪術王を倒すといわれましても、どこにいるのか誰もわからないのです」

「あら、簡単よ。聞き出せばいいの」

「聞き出す……？」

船長が目を丸くする。

マリィは空間魔法で、とあるものを異空間から取り出す。

『はなせ！　クソ女ぁ！』

『てめえはさっきの、雷獣じゃねえか』

船が上陸する際、雷の魔法でマリィたちに攻撃してきたモンスターである。

イタチのような見た目をしていた。

今はマリィが作った魔力のロープでぐるぐる巻きにされてる。

「この化け物は呪術王と繋がりがあるって、セリフの節々から伝わってきたわ。きっと配下なのね」

『けっ！』

「あなた、呪術王はどこにいるの？」

『教えるわけねーだろカス！』

オセはいつマリィがキレ出すのかとひやひやした。

しかし雷獣から罵声を浴びせられても、マリィは涼しい顔をしていた。

「小動物にキレてもしかたないもの」

『うるせえデブ！』

「……消すか」

ちょっと体型を気にしてるらしい。

まあ本当に見た目なんてどうでもいいって思っているのなら、魔法で代謝をコントロールして、体型維持なんてしないだろうから。

「その前に読ませてもらうわよ。【精神解読《マインド・スキャン》】」

マリィが魔法を発動させる。

「オセさん、これは？」

『精神解読っつー、無属性魔法な。簡単にいや、相手の心のなかを読む魔法よ』

「すごい……そんな神様みたいなことできるなんて！」

『あの女たしかに頭イカレテるけど、魔法だけはマジで天才なんだよな。精神解読は難易度の高い魔法なんだぜ……』

マリィは雷獣の心を読む。

「呪術王はどこ？」

『い、言うわけねえだろ！』

「そう……シナノってとこにいるのね？」

『なっ⁉　な、なぜわかった⁉』

オセがそれを見て解説する。

『馬鹿だな。問いかけられたら、正解を知ってりゃそれが頭の中に浮かんじまう。あの魔女はそのイメージを読み取ったんだよ』

「すごいです！　本当に魔女様はすごい！」

『なんでおれこんな、魔女の解説係になってんだ……はぁ』

マリィは行く先を決めて宣言する。

「めざすは、西。山の中にある、シナノって領地よ。そこに呪術王はいるわ！」

☆

マリィたちは呪術王のいる、山奥の領地シナノへ行くことになった。

マリィはおいしい寿司を食べたい。

その邪魔をする呪術王は敵でしかなく、即刻排除する予定だ。

『山の中っつーと、飛んでいくのかよ魔女様よ？』

黒猫悪魔のオセがマリィに尋ねてくる。。

「濡れるのは嫌ね」

「じゃあ馬車ですな！　直ぐに手配いたしましょう！」

そういうのは、商船に乗っていた船長。

どうやら商業ギルドのお偉いさんでもあるらしい。

『すっかり魔女のパシリだなありゃ……』

ほどなくして、船長が馬車を一台手配してくれた。

「何から何まで、ありがとうございました！」

カイトがマリィの代わりに頭を下げる。

「なんのなんの。魔女様にはお世話になりましたし。それに……呪術王を倒してくださるというのです。これくらいの助力はして当然です」

極東はいい魚が捕れる。

商業ギルド側も、早くこの状況を何とかしたいとは考えている。

魔女には誰にも負けない魔法の力がある。

彼女なら極東を救ってくれるだろう。

そう信じて、船長は馬車を無料でマリィに提供したのだ。

「御者はいいのかい？」

「必要ないわ。カイト、乗りなさい」

「はい！　失礼します！」

カイトとオセが乗り込む。

マリィは魔法を発動させる。

すると手綱が空中へとうき、馬車が猛烈な速度で走り出したのだ。

「ま、魔女様これはいったい⁉」

「遠隔操作《リモートコントロール》。あとは身体強化《エンハンス》ポーションよ」

『自動で物を動かす魔法に、身体強化の魔法じゃねえか。自分じゃなくて馬にかけたわけだな』

これなら通常より早く、目的地に着けるだろう。

「やっぱり魔女様の魔法はすごいです！」

☆

がつんっ！

『んお？　なんだぁ……』

「馬車が止まっております、魔女様」

ケモミミ料理人のカイト、と悪魔オセが窓から外の様子を見やる。

マリィが操作していた馬車が止まっていた。

……いや。

馬は進もうとしているのだが、何かによって行く手を阻まれているのだ。

「なんでしょう？」

『見えない何かに邪魔される感じだな……。魔女様どうするんだ？』

マリィは馬車に強化の魔法をかけ直す。

先ほどよりも脚力を強化された馬車は……。

ばごぉん！　という大きな音を立てて、その見えない何かをぶち破って見せたのだ。

「すごいです魔女様！」

『しかし今のは何だったんだろうなぁ……って！　また止まったぞ!?』

またも馬車が何かに阻まれる。

いらついたマリィは窓の外に手をやる。

「【纏雷神槍《サンダー・ランス》】」

その瞬間馬車の体に雷がまとわりつく。

馬車が、さっきの比ではないスピードで走り出した。

まるで一本の槍のごとく、超スピードで駆け抜ける。

ずばんずばんずばん！　と連続で何かを貫通していく。

『！　なんか……バケモンが倒れてるぞ！』

オセが背後を見やる。

板状の化け物が道ばたに黒焦げになってたおれていた。

『なんだありゃあ？』

「雷獣から読み取った記憶によると、妖怪っていう極東固有のモンスターらしいわ」

『妖怪ぃ!?』

「ええ。なんか一匹が古竜に匹敵するらしいわ」

『あんたそれを何体もぶっ倒してましたけど!?』

「あ、そ」

どれだけ相手が強かろうとマリィには関係ない。

食べられない相手を倒しても、つまらないからだ。

☆

魔女マリィが極東で暴風を巻き起こしている一方……。
極東中央にある、山に囲まれた領地。
シナノ。
その北部に、一つの見事な寺があった。
寺の奥に続く道には、無数の魑魅魍魎《ちみもうりょう》がはびこっている。
それはモンスターとはまた異なる、異形の化け物達。
妖怪、と呼ばれる特別なモンスターだ。
その妖怪達が守る本殿の中に……ひとりの、黒髪の男がいた。
「つまらん」
彼の名前は、【ハルアキラ】といった。
ハルアキラはこの世界の住人では無い。
別の次元からこちらの世界へと、世界を渡ってきた、いわば異世界転移者である。
「つまらん、この世界……つまらなすぎる」
彼は呪術を使い、そしてあやかしを統べる力を持って、この世界へと転移してきた。
元いた世界で、彼は呪術師として最強になるべく修練を積んでいた。

……しかし、気づいたら周りに誰もいなくなっていた。

そう、彼が強すぎて、彼に敵う術者はいなかったのだ。

「つまらん」

その時、彼が生み出したオリジナルの秘術を使った。

世界を渡る【扉】を作り、彼はそれをくぐって……この世界へと舞い降りたのだ。

別の世界に来れば、自分より強い人間がいるのではないかと、期待して……。

しかし期待は見事に裏切られる。

「何もかもが未熟だ、この世界は」

別に彼は世界を征服するつもりはなかった。

ただ、暇だったし、それに彼が従える妖怪達は人間の負の感情を欲した。

好きにしろ。

呪術王は妖怪にそう命じた。

人々は呪術王が元凶だと思ってるようだが、実は違う。

妖怪が勝手に暴れているだけだ。

……まあもっとも、妖怪の主はハルアキラであるので、自分がやってると言われるとそうなのだが。

「ん？　なんだ……ぬりかべが破壊されただと？」

ハルアキラと部下の妖怪達との間には霊的なパスがつながれている。

妖怪に何かあればすぐに、主である彼に伝わる仕組みだ。

「ばかな。この未熟な異世界人たちでは、ぬりかべは倒せないはず……」

しかし倒した人物がいる。

……久しぶりに、強い敵がいるようだ。

にぃ……と呪術王ハルアキラは笑う。

彼が望んでいたのは、強者との戦い。

やっと、巡り会えたのだ。

「私を倒しに来たのか？　ふ……いいだろう。相手してやる。呪術師、アベノハルアキラが、相手してやろうぞ！」

……異世界を渡るすべを持つ、呪術師ハルアキラ。

しかし彼は知らない。

今自分の元へやってきてる女が、異次元の強さを持っていることを。

そして倒しに来てる理由が、おいしい寿司を食べるためという、あほ極まる理由であることを。

☆

魔女マリィは呪術王の住まうシナノの領地へ向かっていた。

馬車を順調に飛ばしていたのだが……。

現在、マリィたちは野営をしている。

「お腹が……すいたわ……」

敷物のうえに座って、ぐんにゃりするマリィ。

一方で悪魔オセがマリィを見てあきれたようにつぶやく。

『あんたなぁ～……。食ったろうが、タコ料理』

「あきたわ」

タコ（※クラーケン）がまだ余っていたので、それを調理して食べたのだ。

マリネなどの工夫を、カイトがほどこした。

確かにおいしい。

おいしいのだが……。

「だめ……新しいおいしいが欲しいの……私は……」

『贅沢な女だ……ったく』

カイトが悔しそうに歯がみする。

「すみません。ぼくが未熟なばっかりに……！」

『いやおまえさんはよくやってるよ。この暴食魔女があきないように、いろんな料理と味付けをしててよ……』

なんで悪魔が人間のフォローをしているのだろうか……？

と内心で首をかしげる悪魔オセ。

「新しい魔物がいるわね」

『けどよぉ、極東はその妖怪っつーばけもんが、モンスターを駆逐しちまっていないだろ？』

「そう！　そこよ。困ったものだわ……はぁ……」

食料を買い込むために一旦戻ろうと、オセは提案した。

しかし却下された。

早く呪術王を倒して寿司を食べたいからだそうだ。

なんというアホな考え……。

「もう妖怪食べようかしら……」

『やめとけって。ばっちぃな』

「でも魔物が食べられるんだったら、妖怪も食べられるような気がしない？」

『しねぇよ。ぬりかべとか、雷獣とか。食えるフォルムしてなかったろ？』

「なにそれ？」

『自分が倒した妖怪だろうが！』

食べてないモンスターなんて、記憶に残っていないのである。

「妖怪……妖怪を狩って食べるのよ」

『普通に動物食べりゃあいいんじゃねーの？』

カイトがふるふると首を振る。

「獣の気配がしません」

『どういうこった？』

「わかりません……ただ、不自然なくらいに獣の気配がしないんです」
『呪術王の影響かねぇ……』
その時だった。
がさがさがさ！　と何かがこちらに近づいてくる音がした。
『獣か？』
「いえ……これは、妖怪です！」
カイトは鋭い五感を持つ。
それを使って獣、モンスターを遠くからでも感知できる。
獣でもモンスターでは無い、つまり妖怪ということである。
「もう良い食べるわ！　妖怪でも！」
しげみを超えて現れたのは……。
『ぐらららら！　貴様が主の言っていた、外敵だなぁ！』
『！　で、でけえクモ……!?』
人間の五倍はする大きさの、巨大クモだ。
しかし牛のような顔を持っている。
『われは呪術王ハルアキラ様が下僕！　土蜘蛛《つちぐも》！』
『ハルアキラ……それがてめえらのボスか。おい魔女様……魔女様？』
ぶるぶる……とマリィが震えている。

右手を持ち上げて……。

「せめて食べられるフォルムのやつが出てきなさい！　【火炎連弾《バーニング・バレット》】」

右手から無数の炎の弾丸が発射された。

『え？　ちょ、まっ……！　うげぇぁあああああああああああああ！』

土蜘蛛は炎の弾丸に蜂の巣にされて、撃破された。

『まだ名乗っただけなのに……むごいことするな……塵になってら』

「ああ、無益な殺生をしてしまったわ……！」

一方で土蜘蛛を倒したことで、カイトからの尊敬度はさらにアップする。

「やっぱりすごいです、魔女様！」

「次よ！　次こそ食べられる妖怪来なさい！」

☆

マリィたちは極東にて、呪術王を倒しに来ている。

妖怪、土蜘蛛を討伐したマリィ。

「う……！」

「魔女様！」

森の中にて。

マリィはフラッ、とその場に崩れ落ちる。

ケモミミ料理人カイトは不安げにマリィに尋ねる。

「どうしたのですか魔女様！　もしや……先ほどのクモの化け物から、攻撃を食らっていたのですか⁉」

『んなわけあるかよ、この化け物がよぉ』

黒猫の悪魔オセは、焦るカイトとは対照的に、あきれたようにため息をついて言う。

『どうせ腹減ったんだろ？』

「…………」

『そんな、どうしてわかったのみたいな顔すんじゃあねえよ』

マリィは、腹ぺこだった。

力を使い、空腹だった。

「い、今すぐタコ料理を！」

「待って……カイト……。タコ料理は……あきた」

さすがにタコの連続で、マリィはもうあきあきしていたのだ。

「おいしいを……私に新しいおいしいを……」

『そういってもよぉ、ここにゃ獣もいないしなぁ』

と、その時である。

ぴんっ、とカイトがケモミミを立てる。

「川のせせらぎの音がします！　近くに川があるかも！」

川があるなら魚がいるかもしれない。

マリィは立ち上がると、綺麗なフォームで走り出す。

「川！　魚！」

しかしそこにあったのは……。

毒におかされた、汚水が垂れ流される川だった。

ずしゃあ……！　とマリィが膝から崩れ落ちる。

『呪術王ハルアキラのせいで、食物とれねえってただろ？』

「こんなに川が汚染されているのじゃ、魚は無理ですね……」

ぎりぎりぎり、とマリィが歯がみする。

「……許せないわ、呪術王！」

その瞳には明確なる敵意の炎が浮かんでいた。

「魔女様……そうですよね！　許せないですよね！　川をこんな汚して！　川の恵みを享受できない人たちのため、一刻も早く呪術王を倒しましょう！」

『この女……別に誰かのためにっつーか、川魚が食えなかったことでキレてるだけのような気がするけどな』

オセの言うとおりだった。

別に義憤になんて一ミリもかられていなかった。

食べ物の恨みである。

「ん？　何か居るわね……？」

『ほんとだ。こんなきったねえ川に……生き物？』

川の中に何かが居て、泳いでるようだった。

「…………」

『おいおい魔女様よ、アレ食うのか？』

「水よ！」

マリィは声を発する。

水よ、と。

そう声を発するだけで、水がドバアッ……！　と上空へとあふれ出た。

「な⁉　どうなってるんですか、あれも攻撃魔法？」

『少しちげーな。高位の魔法使いともなれば、ささいな動作に魔力が宿り、それが魔法に勝手になっちまうのよ』

呪文をとなえ、魔法を放つなんてプロセスを踏まずとも、呼びかけるだけでいい。

火をおこす、水をあふれさせる程度の簡単な命令なら、呪文をとなえる必要すら無いのだ。

「すごいです、魔女様！」

「さて……お魚ゲットよ！」

しかし川から出てきてきたのは……。

『痛いよぉ～……なにすんだよぉ～……』

緑色をした、妙な生き物だった。

一瞬カエルかとカイトは思った。

しかしカエルにしてはでかいし、頭の上にはお皿が載っている。

「あなたは、誰ですか？」

『おらはカッパだに』

「カッパ……」

やはり、川魚では無かった。

ぷるぷる……とマリィが怒りで肩をふるわせながら言う。

「だから……なんで？　なんで妖怪ってっやつは、みんな食べられるような見た目してないのよ……！」

『ひぃ！　お、おらに言われてもぉ～……』

ややあって。緑色の肌に、頭に皿を載せた妖怪……カッパが正座してる。

「なんで妖怪は、どいつもこいつも食べられないフォルムしてるのよ！　モンスターを見習いなさい！　あいつらは食べられるわ！」

カッパが困惑したように首をかしげ、悪魔オセを見やる。

『聞き流して良いぜ。この魔女さん、ちょっとパーなんでな……ぐえええええ！』

マリィは魔法でオセを痛めつける。

念力の魔法でぞうきんみたいに絞る。

それを見て、カッパが驚愕していた。

「あ、あんた……ほんとに強いんだな」

「それほどでも。はぁ……お腹すいた……」

ちら、とカッパをマリィが見やる。

「この際……カエルでも……」

「ま、待ってほしいんだに！　食料ならある！」

きらん、とマリィの目が輝く。

「なに？」

「これ！」

それは……緑色をした、細長い棒だった。

マリィの目から光が消えて、右手をカッパに突き出す。

「【天裂《ディバイン》……】」

「まったまった！　食料だからこれ！　食べられるから！」

どう見てもただの植物だった。

とてもじゃないが食えそうにない。

しかしケモミミ料理人カイトは、目を輝かせていう。

「これって……きゅうりですか？」

「おお、よく知ってるなぁ、坊ちゃん。そのとおりだに。これはきゅうり。野菜の仲間」

ふーん……とマリィがきゅうりをまじまじ見やる。

「こんなのが食べれるのね。どうやって食べるの？」

「そのままでもいけるが、味噌とか漬けて食べるとうまいんだに」

「味噌……」

がしっ、とマリィがオセをにぎりしめる。

『ぐえええええええ』

「味噌出しなさい」

『口でいやいいだろ！　ったく……』

オセはあらゆる調味料を出すことができる。

悪魔の尻尾から、にゅるっと茶色いペースト状のもの……味噌が出される。

キュウリに味噌をつけて食べるマリィ。

「…………」

「ど、どうかや……？」

ほぅ……とマリィが満足げに息をつく。

「うまいわ」

「よ、よかったぁ～……。まだいっぱいあるから、良かったら食ってってって」

「太っ腹ねあなた」

むしゃむしゃ、とマリィがキュウリの味噌漬けを食べる。

カッパは苦笑しながら言う。

「これはお礼だに」

「お礼？　なにかしたかしら、私？」

「ええ。あんたは土蜘蛛を倒してくれた。あいつはこのあたり一体を牛耳ってるやつだった。おいらたちカッパは、あいつに住処を追われていたんだに……」

マリィは魔法で土蜘蛛を倒した。

そのおかげで、カッパたちにまた平和が訪れたのだ。

「ありがとう、魔女様。なんとお礼申し上げて良いやら」

マリィはごくん、とキュウリを飲み込んだ後にいう。

「別に、あなたのために倒したわけじゃないんだからね」

と。

カッパは目を点にしたあと、言う。

「ツンデレかや？」

「はい、ツンデレです！」

どうやら極東にも、ツンデレという単語が存在する。

もちろん、マリィは自分のためにやったのだった。

ほどなくして。

そこでキュウリをもらって、むしゃむしゃともろきゅーを食べるマリィ。

食べることに夢中のマリィをよそに、ケモミミ料理人カイトと悪魔オセは、カッパから情報を仕入れていた。

『なるほど……つまり妖怪の親玉は、ここじゃない別の世界から転移してきたってわけか。おまえら配下の妖怪どもを連れて』

「その通りだに。呪術王様は、大昔は優しいお方だった。でも、母親を殺されてから、変わってしまわれた。強さを求めるようになったんだに」

『母への復讐のために力を付けたはずが、いつの間にか力を付けることのほうが目的になった……ってところか。まあありがちだな』

カイトはそれを聞いて、呪術王に少し同情してしまった。

沈んだ表情のカイトを見て、オセがため息交じりに言う。

『同情すんな。呪術王を今からおれらは倒しに行くんだ。それに、可哀想な生い立ちがあるからって、他の世界《しま》を荒らしていい理由にはならねーだろ?』

オセの言う通りだった。

今呪術王は極東に呪いをかけて、迷惑をかけている。

食料がとれず困っている人たちを、カイトは見てきた。

『それにあの魔女様が、やる気まんまんだしよ。止めても無駄さ』

と、その時である。

ごぉお……！　とカッパたちのいた場所に、突如として炎が襲ってきたのだ。

「うわああ！」

『ちっ！　敵か！』

上空から巨大な【鳥】が姿を現す
いや……鳥というよりは、鶏か。

『見つけたぞ、呪術王さまにたてつく愚か者は貴様らだな』

『なんだてめえは？』

巨大鶏にはにぃ……と笑う。

『おいらは、【波山《はざん》】！　呪術王さまの下僕が一人！　炎を扱う妖怪よ！』

ゆらりとマリィが立ち上がり、にやり、と笑った。

「いいわねえ……！　最高じゃないの」

「魔女様、戦うのですか？」

「もちろん」

その理由はわかっている。

オセには、わかっている。

鶏のフォルム。

つまり、食べられそうな妖怪が、ようやく現れたから。

あんなふうに、にやっと笑ってるのだ。

「鶏とキュウリで、何が作れる、カイト？」

「え、ええっと……ば、棒々鶏《バンバンジー》……とか？」

それもまた未知の料理だった。

マリィは決めた。

びし、とマリィは指を波山に向けて言う。

「おまえ、夕食決定！」

マリィは次なる夕食の食材として、波山に狙いを定めたらしい。

『くたばれ女ぁ……！　ふぅん！』

波山が翼を広げて前方のマリィめがけて、翼をクロスさせる。

颪は黒い炎を呼び、彼女に襲いかかる。

だがマリィは避けない。

炎を結界で防ごうとして……。

たんっ、と飛んでそれを避けた。

『魔女様！　なんで結界で防がなかったんだ？』

「勘ね」

オセが目を剥く。

その先には川がある。

だが波山の放った黒い炎は川の水に触れても燃えていた。

『水に消えない炎……』

『その通り！　おいらの炎は決して消えぬ地獄の業火！　これに触れたが最後！　どんなことをしても炎を消すことはできない！』

もし仮に炎が体にふれたら、体は灰となって消えてしまうだろう。

ごくり、とカイトが息をのむ。

「そんな……魔女様！　大丈夫なのでしょうか……」

『大丈夫だろ。それより、巻き添え喰らわないように距離取るぞ』

オセに焦りは無かった。

当たり前だ。

魔女の強さを知っている。

あの女が、どれほど規格外かも。

『次は逃げられぬ……キィイエエ！』

波山は両の翼を広げ、再び炎を発生させる。

マリィを中心として、炎の円環が出現したのだ。

『どうだ！　そのリングに入ったが最後！　貴様は何もできずに体を焼かれて死ぬ！』

リングが徐々に狭くなっていく。

マリィはたたずんでいた。

『飛んで逃げるか？　甘い甘い！　そのリングは追尾してくるぞぉ！　どこまでもな！』

リングがだんだんと縮んでいく。
「ああ！　魔女様！」
炎がマリィの腕に触れる。
その瞬間、彼女の全身を黒い炎が包み込んだ。
「魔女様！」『魔女さん！』
カイトとカッパが悲鳴を上げる。
波山の炎が彼女を焼く。
『ひゃはー！　終わりだぁ……！』
その時だ。
ぱきぃん！　という音を立てて炎が凍り付き、そして砕け散ったのだ。
『は……!?』
氷の中から現れたのは、涼しげな表情の魔女マリィ。
「魔女様！」
『ば、ばかな!?　全てを焼き尽くす炎だぞ!?　なぜ!?』
ふぅ……とマリィは悩ましげに息をついて言う。
「殺したくらいで、私が死ぬとでも？」
マリィは黒い炎の性質を見抜いていた。
触れた箇所に炎はとどまり、消えることと無く存在する。

水で消火しようとしても無駄だ。
なぜなら、あの炎は燃え続けるという命令の術式が刻まれているから。
「私が術式を書き換えたのよ」
『他者の魔法に干渉し、燃え続けるという命令を消したのか！』
それがどれほど高等技術か、マリィは理解していない。
彼女にとって魔法とは、手足と同じなのだ。
そこにあって、当然のもの。
彼女がこうしたいと思えば、自然と彼女の望み通りに事が運ぶ。
魔法の天才。
それが、マリィ。
「余興は終わりよ」
パチン、とマリィが指を鳴らす。
その瞬間、波山の周囲に黒い炎のリングが出現した。
『こ、これはおいらの黒炎！　ばかな……再現《トレース》して見せたというのかぁ!?』
ぼぉお！　黒い炎が波山を焼く。
だがぱちん、と指を鳴らす……。
炎がキャンセルされ、そこには羽のない鶏だけが残った。
『こ、この女……バトル中に、敵を調理しやがった……なんつーやつだ……』

余計な羽を焼いて、調理しやすい形に変えていたのである。

戦いの最中に、そんな芸当ができるなんて……。

「さすがです、魔女様……！」

ふらり……と魔女がその場に倒れる。

「魔女様！」

ケモミミ料理人カイトが慌てて彼女に駆け寄る。

倒れて、辛そうにしてるマリィを見て、カイトは涙を流す。

「大丈夫ですか！　どこかおけがを⁉　それとも、力の使いすぎで限界ということですか⁉」

「ええ……そうね……限界……だわ」

「そんな……」

カイトが青い顔をする。

一方で悪魔オセは、あきれたようにため息をついていた。

「いやです魔女様！　死なないでください！　もっともっとおいしいものを、たべてもらいたいのに！」

がしっ！

「え？」

マリィがカイトの胸ぐらを掴んで、引き寄せる。

「もっともっとおいしいもの、食べるに決まってるでしょ？」

「で、でも……限界って……」

ぐぅ〜〜〜〜〜〜〜〜〜〜〜〜〜〜〜〜〜〜〜〜〜！

その場に、沈黙が流れる。

魔女のはらから聞こえたのは、空腹の虫の音。

『カイト。さっさと飯作ってやんな。腹減ってんだとよ……ったく、限界ってそっちかよ』

カイトが笑顔になると、大きくうなずく。

「待っててください！　すぐ、棒棒鶏つくります！」

マリィが生きてたことに、カイトは泣いて喜びながら、調理に取りかかる。

オセはため息をついて、マリィのもとへ。

『紛らわしいことすんじゃねえよ』

「何が紛らわしいのよ」

『やられて死んじまうのかって思ったぜ』

「この私が？」

冗談でしょう、と言いたげな顔のマリィを見て、オセが苦笑する。

『愚問だったな。あんたは殺しても死なない』

ほどなくして。

カッパからもらったきゅうりを合わせて、カイトが急ぎ調理を行った。

「魔女様！　完成しました！」

どこでもレストランから、ケモミミ料理人カイトが顔を覗かせる。
くわっ！　と目を開けたマリィは、一目散に、空間の穴に飛び込む。
そこには高級レストランがあった。
これはかつてマリィが作った、魔道具どこでも高級レストラン。
異次元空間を作り出し、どこでもレストランと、調理場を作り出すというもの。
豪奢な内装の客席。
その一角には、大皿の上に載った棒棒鶏があった。
「これが！　新しいおいしいしいか！」
「はい！」
マリィはさっそく席について、カイトに頭を下げる。
作ってくれたカイトへの感謝の意を伝え……。
「いただきます」
皿の上には、キュウリとゆでた鶏肉を、特殊なソースで和えた料理がのっている。
マリィは恐る恐る、フォークを、ぶっさす。
見たことのない料理だ。
炒め物か？
それにしては、油っぽくない。
口の中に入れる……。

しゃくっ、ときゅうりの新鮮な味わいと食感。

そこに、さっぱりとした鶏肉。

加えて、かなりスパイスの効いた調味料。

「！」

ソースの辛みを、きゅうりとゆでた鶏肉が打ち消す。

否、打ち消すのでは無く、その三つが渾然《こんぜん》一体となって、新しい味をマリィに伝える。

ソースによって鶏肉に辛みを付与し、そこにキュウリのシャキシャキ食感が加わる。

未知なる食感、そして味。

「うまい！　うまい！　うまい！」

マリィは最近たこ料理ばっかりだったので、この新しい味に感激した。

一口食べるごとに、「うまい！　うまい！」と連呼する。

マリィは新しいおいしいを提供してくれたカイトに心から、感謝の意を伝えるため……。

全て食べきるまで、うまいうまいと繰り返すのだった。

ややあって、新しいおいしいに、大満足のマリィ。

お腹をさすりながら、うっとりとした表情を浮かべる。

マリィが馬車に乗る。

『魔女様』

カッパがマリィの前で頭を下げる。

『ありがとうございました』

「……なに？　藪から棒に」

『我らカッパを、波山からお守りくださって』

カッパが説明する。

曰く、妖怪にも力の序列というものが存在するらしい。

カッパは戦う力をほとんどもっていないため、序列は低い。

一方マリィが倒した波山は、炎を使う強力な妖怪だったそうだ。

『波山めは、自分が強いからと弱い我らカッパをいつもいびり倒しておりました』

『どこの場所にも、そういう虐めみたいなもんはあるんだな』

黒猫の悪魔オセが同情のまなざしを向ける。

『あなた様が波山を倒してくださったおかげで、我らカッパの民は再び、平穏に暮らすことができまする。ありがとうございました』

……そこで、ようやく。

「あれ……？　なんか、しゃべり方ちがく無い？」

とマリィは気づいた。

『この方はおいらたちの長だに！』

さっきマリィたちと会話していたカッパが、そう言う。

つまり今感謝を述べていたのは、カッパの民の長だったようだ。

「顔が似てて見分けつかなかったわ」

『おれもだぜ……』

川から続々とカッパたちが現れて、マリィに頭を下げる。

するとマリィは、ふん……と鼻を鳴らす。

「勘違いしないでちょうだい。私はただ、棒棒鶏が食べたかっただけなんだからね。あんた達のためにやったんじゃあ、ないんだからね」

ぽかん……とする妖怪達。

マリィはそれだけ言って窓の奥へ顔を引っ込める。

「皆さん！　誤解なさらないでください！」

ケモミミ料理人カイトが、すかさずフォローを入れる。

「あれは……ツンデレというやつです！」

「「「ツンデレ……⁉」」」

「はい、照れ隠しなのです！　本当は皆さんを助けられたこと、喜ばれておられるのです！　でも恥ずかしいから、ああしてツンツンしてしまうのです！」

それがツンデレ、とカイトがカッパたちに説明する。

「「「なるほど……！」」」

『あーあ、妖怪の間にも、浸透しちまってるじゃあねえか、ツンデレ……』

こうしてマリィたちは、再び旅に出発するのだった。

☆

マリィは馬車に乗り、再出発した。

荷台に載ってるマリィは鼻歌をうたいながら、窓の外の景色を見やる。

『魔女様よ、なにそんな上機嫌なんだい？』

黒猫悪魔のオセが尋ねる。

「妖怪も、いいわねって」

『はぁ……？　何言ってんだ？』

「妖怪って、食べれないのばっかりだと思ったわ。けれど波山。あれは食べれた。とてもおいしかったわ……」

マリィは極東に来てから、異形なる化け物しか見ていなかった。

しかし先ほど遭遇した、妖怪の波山。

あれは本当に美味であった。

「ただの鶏肉とはちがって、ぴりりと辛いのが良かったわ」

『カイトの味付けが良かったんだろ』

「それもあるけど、やっぱり大きい食材はいいわね。食べ応えがあった……ああ……おいしかったぁ……」

棒棒鶏の余韻に浸る魔女。

特にここ最近ずっとタコが続いていたので、美味に感じた。

マリィは目を閉じて感じ入ってる。

人助けしたことより、食欲を満たせたことの方がうれしいようだ。

そんな姿を見て、オセがあきれたようにため息をつく。

『さいですか……で、魔女様よ。これからどうするんだ？』

「もちろん、呪術王を倒しに行くわよ。まだ大いなる目的を達成できてないじゃない……！」

大いなる目的。

それは……寿司を食べることだ。

マリィがそもそも極東に来たのは、お寿司というすごいうまい料理を食べるためである。

しかし呪術王のせいで、極東は妖怪と呪いの毒によって酷い有様になってしまった。

「呪術王を倒し、極東を取り戻す……！」

「魔女様、素敵です！」

ケモミミ料理人のカイトが、マリィに尊敬のまなざしを向ける。

『たしかにセリフだけ切り抜くと、正義のヒーローみたいなセリフだな』

しかしここにいるのは、エゴイストな魔女のであった。

極東を取り戻すというのも、元の状態に戻して、寿司を食べるというニュアンスだったのだろう。

どこまでも己の食欲に忠実な魔女だった。

さて……。

「！　魔女様、妖怪の気配です！」

カイトの耳がぴんとそば立つ。

マリィはガタタタンッ、と慌てて立ち上がった。

「きたわね！　新しい獲物が……！」

捕まえて食べるのだから、獲物で間違いは無かった。

マリィはひらりと、窓から降りる。

「さ、かかってらっしゃい妖怪！　私がおいしくいただいてあげるわ……！」

さて、そんなマリィの前に現れたのは……。

一枚の、白い布だった。

「ぬの……？」

『くくく……！　よくぞ僕《やつがれ》の姿を見破った！』

ひらひらの布が、マリィの前で、まるで蛇のようにとぐろを巻く。

『僕は妖怪、一反木綿！』

「………」

『布の振りして顔に張り付き、窒息死させるつもりだったのだが、見破るとはたいしたもの……！』

マリィが、怒りで肩をふるわせる。

「魔女様が怒ってる。一反木綿の卑劣な戦い方に！」

『いんや、あいつがそんなことで怒るわけ無いだろ……』

そう、オセの言うとおりだった。

「布って！　食べられないじゃないのよぉおおおおおおおおおおおおおおおおおおおおおおおおおおおおお！」

目の前にいるのは一反木綿という妖怪。

……どう見ても空を飛ぶ、布でしかなかった。

「がっかり妖怪だわ……」

マリィは次の妖怪も、おいしく食べる予定だった。

しかしあらわれたのはただの布で、食べることはできず、テンションが下がったという次第である。

『僕を馬鹿にするな！　空を自在に飛べるのだぞ！』

「はぁ〜……しょっくぅ〜……」

マリィだって空を飛べる。

だから別に一反木綿が優れているとはどうにも思えなかった。

「カイト。行くわよ」

「え、で、でも……あの化け物は？」

ちら、とマリィは一瞥すると、馬車を動かす。

倒す価値すらない。

マリィにとって倒すこと＝食べることなのだ。

『僕を馬鹿にするな！　くらええええええええええ！』
一反木綿が高速で飛翔してくる。
そして身体を伸ばすと、馬車をラッピングしていく。
『どうだ！　僕の身体は伸縮自在！　こうして包み込んで、こうだ!!』
一反木綿はマリィたちの馬車を、ぎゅううううっとしめ殺そうとする。
尋常ではない力でしめつけられて、徐々に馬車の姿が小さくなっていく。
『ははは！　どうだ馬鹿めが！　ただの空飛ぶ布だと侮ったのが貴様らの敗因よ！』
「負けてないわよ」
『なにぃいいいいいいいいいいい!?』
気づけば、マリィが空中より一反木綿を見下ろしていた。
空に浮かび、腕を組んであきれたようにため息をつく。
「この程度で何を驚いてるの？」
『ば、馬鹿な!?　どうやって脱出を!?』
「ただの転移魔法だけど？」
『魔法だとぉ!?』
転移の力を使えば、布の中からの脱出は可能だろう。
ただこの世界において、魔法はすでに失われた技術なのだ。
『なぜ魔法なんて使えるのだ！』

「なぜと言われても……使えるからとしか言えないわよ」

『うぐぅう！　くそぉぉう！』

一反木綿が高速で飛翔する。

今度は彼女の顔面にきつく、隙間なく巻き付く。

『どうだ！　口が塞がれては呪文も唱えられないだろう！』

だが……次の瞬間、一反木綿はバラバラに切り刻まれたのだ。

『ば、ばかな……ありえない……今のは、颶風真空刃《ゲイル・スライサー》……極大魔法じゃないか！』

風の極大魔法、颶風真空刃《ゲイル・スライサー》。

真空の刃をはらむ竜巻を起こして、一反木綿を粉みじんにしたのだ。

『口を塞がれて……どうやって……』

「詠唱破棄しただけよ」

『ば、ばかな……極大魔法を、無詠唱で……だと……そんなの……できるわけが……』

この妖怪が言うように、魔法には呪文が必要だ。

呪文を使わず発動させることは、詠唱破棄といって、高等テクに該当する。

ランクの高い魔法であればあるほど、無詠唱での魔法行使の難易度は跳ね上がる。

極大魔法を無詠唱でなんて、それこそ……神でしかできないような、奇跡の御業といえた。

風が吹いて、一反木綿は大気中に霧散する。

ふぅ……とマリィは物憂げに息をついた。

「食べれなかった……」

空の上でそんなふうに戦いが繰り広げられているなか……。

地上では、カイトがマリィに尊敬のまなざしを向ける。

「すごいです魔女さま！　あんなすばしっこくて強い妖怪を、一撃で倒してしまわれるなんて！」

『倒したくてやったんじゃあないだろうけどな。身に降りかかる火の粉を払っただけっつーか』

悪魔オセが、深々とため息をつくのだった。

五章

マリィたちは極東にて、呪術王を討伐する旅に出ている。

道中、一反木綿という妖怪と出くわし、これを撃破して見せた。

「なんだか疲れちゃったわ」

『あんた、ずっと馬車に乗ってるだけだったろうが。どこに疲れる要素があるんだよ？……ふげぇえ！』

マリィは念力の魔法で、黒猫の悪魔オセをぞうきんのように絞る。

「座ってるだけでも、お尻が痛くなるのよ」

『ぐるじぃいいいいいい！』

ケモミミ料理人のカイトが、耳を側立てていう。

「この感じ……人です。村が近くにあります！」

「そう……優秀ねカイトは。どこかの猫と違って」

「えへへ……♡」

マリィはカイトの首元をくすぐる。

一方で黒猫ことオセは、はぁ……とため息をついた。

『んで、魔女様よ。どーすんだ？』

「泊めてもらうわ。野宿なんて、勘弁だものね」

マリィは元公爵令嬢。

貴族の娘であるため、野宿なんてしたことがない。というかやりたくない。

「ふわふわのベッドで眠りたいわ」

『小さな村だろ？　ベッドなんてあるもんか。それに泊めてくれるとは限らないぜ？』

「あらどうして？」

『そりゃ……この国の状況を鑑みりゃな』

極東は今呪術王のせいで、大混乱を起こしている。

あふれかえる魑魅魍魎たちは、村人達を襲っているという。

そうなると、どこもよそ者を泊める余裕なんてないだろうことは、容易に想像できた。

しかし……。

「カイト、村まで案内なさい」

「はい！」

『あーあ、知らねーぞ』

カイトに場所を特定してもらい、マリィは馬車を魔法で動かす。

ほどなくして小さな村に到着した。

マリィが優雅に馬車から降りる。しかし……。

「変ね、出迎えがないなんて」

『何様だよ、あんた……』

きょろきょろ、とカイトが周囲を見渡す。

「でも、村に人が居ないです。でも、声はします……これは……すすり泣く声……」

何かトラブルの予感がした。

マリィはものすごく嫌そうな顔をした。

彼女は自分の平穏を邪魔されたくないのだ。

とはいえ、今日はここに泊めてもらう（予定）。

だからまあ、多少の労力はいとわない。

マリィたちは村人達を発見した。

彼らは涙を流し、膝をついている。

「大丈夫ですか！　なにかあったんですか!?」

カイトが心配して近くに居た村人に話しかける。

「ぐす……うう……君たちは……？」

「旅のものです！　なにがあったのでしょう？」

「実は……一反木綿という化け物に、村の女たちを殺されてしまいまして……」

村人達のすすり泣く側で、大勢の女達が二度と冷めぬ眠りについてる。

「うえええええん！」

「おかあぁさぁあああああん！」

「ままぁああああ！」

どうやらマリィたちが一反木綿を倒す前に、やつは村の女達を窒息死させたのだろう。

肉体は無事だが、女達は眠ったまま起きようとしない。

子供達の大きな鳴き声を聞いても、微動だにしない。

「………………」

マリィは、顔をゆがめる。

そして一言言う。

「不愉快だわ」

……それを見たカイトはこう解釈した。

（魔女様……女を殺した一反木綿に、怒りを覚えてるんだ！）

魔女は義憤にかられてると思ってるカイト。

しかし実態は違う。

（あの子供ら……うるさい……）

マリィはここに泊まる。

だというのに、子供達がわんわんと泣いてやかましい。

だから、不愉快だと言ったのだ。

別に女を妖怪に殺されたことに、怒ってるわけじゃ無かった。

はぁ……とマリィはため息をつく。

空間魔法で、マリィがかつて作ったそれを、カイトに渡す。

「これを女どもに飲ませなさい」

「え……？　はいっ！」

カイトは素直にうなずいて、女達に薬を飲ませていく。

しばらくして……。

「う……」

「ここは……？」

「あれ……あたし死んだんじゃ……？」

一反木綿のせいで死んでしまっていた女達が、一斉に息を吹き返したのだ。

「すごいです魔女様！　いったいなにをしたんですか？」

「生き返る薬を、飲ませたのよ」

マリィが何も無い空間から、瓶を取り出す。

「これは死返《まかるがえし》の霊薬。死後直ぐなら、蘇生させることが可能な薬よ」

「す、す、すごいすごいすごぉおおおい！　魔女様、死んだ人すら生き返らせることができるんですね！」

カイトの好感度メーターがカンストしているのに、さらに上昇する。

村人達はみな、マリィにひれ伏していう。

「ありがとうございました、魔女様！　なとお礼を申し上げれば良いか……」

するとマリィは、いつも通りいつも通り言う。

そう、いつも通り……。

「勘違いしないでちょうだい。私はただ、子供の泣いてる声が我慢ならなかっただけよ」

「「「……！」」」

村人達がマリィのセリフに驚き、そして……涙を流す。

「なんとお優しい……」

「まるで神様のようだ……」

「魔女様ぁ……」

なんで感謝してるのだろうか。

マリィが首をかしげていると、オセが近づいてきて言う。

『魔女様、いちおー確認なんだけどよ、さっきのセリフは、泣いてるガキの声が聞くに堪えない、耳障りだから蘇生させたって意味だよな？』

「？　ほかにどういう意味があるの？」

どうもこうも、子供の泣いてる姿を見てられない、まるで英雄譚の主人公のセリフでは無いか。

「魔女様はやはり素晴らしいおかたです！」

カイトもまた涙目になりながら、マリィに笑顔で言う。

「今回はツンデレがありませんでしたね……！」

……マリィはどうでもよくなって、適当に「そうね」とつぶやいたのだった。

☆

彼女は村で最も豪華な家を、借りることになったのだが……。

『これが豪華……ねえ……ただのぼろ小屋じゃあねえか』

黒猫オセが言うとおりだった。

とてもじゃないが、豪華とはほど遠い。

しかしマリィは気にせず、異空間からベッドを取り出して、そこに腰を下ろす。

『あんた本当に食べること以外、どーでもいいんだな』

「ええ。屋根と壁で囲まれていたら、それでいいわ」

『さいですか……んで、どうすんだこれから？』

「どうもこうも、ここに一泊して明日の朝、出立するわよ」

さっさと妖怪を倒して、マリィはおいしいお寿司を食べたいのだ。

くる、とマリィはカイトを見て微笑む。

「夕飯はおいしいものがたべたいわ。そうね……シチューとか。たっぷり作りなさい」

するとカイトがピン！　と立つ。

「なるほど！　さすがです魔女様！　なんてお優しい！」

『おいおいまたこの獣人ガキが、勘違いしてるぜ？』

オセの言う通りだ。

カイトは勝手に、マリィがシチューを注文した理由を、推測（妄想とも言う）したのだ。

「シチューを作り、村のみんなにも振る舞う……そういうことですね!?」

『もしかしておまえの耳は飾りなのか……？』

しかしカイトにとってマリィはヒーローなのである。

シチューのような一気に大量に作る料理を、まさか一人では食べないだろう（と思ってるがもちろん全部自分で食べるつもりのマリィ）。

なぜ大量に作るのか？

それは村人に振る舞うため！　さすが魔女様！

とカイトは思ってるのである。

「どうでもいいけどさっさとしてちょうだい」

「はい！　あ、でも……魔女様。飲み水がありません」

なんですって、とマリィが顔をしかめる。

『どこでもレストランには、たしか水場も付いてなかったか？』

「食器を洗うようです。人の口に入る水は、買ったり井戸から汲んだりしてます」

『なるほどなぁ。じゃあ汲んでくりゃいいんじゃないか？』

「それが……」

カイトたちが村の外へ移動する。

村唯一の井戸へと到着。

カイトが桶を落として、引っ張り上げると……。

『うっわ……こりゃひでえ。泥水じゃあねえか』

泥のほうがまだましだったかもしれない。

桶にはいっていたのは、紫色した毒の水だった。

「魔女様……どうしましょう」

「大丈夫よ、カイト。こんな魔法で一発だから」

マリィは右手を前に出して、光魔法を使う。

「【浄化光《ピュリフィケーション》】」

マリィの右手から、魔法の光が発せられる。

「オセさん、これは？」

『浄化光。文字通り浄化の魔法だな。毒や幽霊などを、清め取り払う力がある』

魔法の光が収まる。

カイトがうなずいて桶を、井戸の中に入れる。

そして引っ張ると、とても澄んだ水が入っていた。

「「「おおおお！　魔女様、すごいです！」」」

村の全員が目を輝かせる。

「妖怪の毒におかされた井戸水が、こんなに綺麗になるなんて！」

「ありがとうございます、魔女様！」

そこへ、カイトが笑顔で言う。

「少し待っててください！　魔女様が、皆様にシチューを振る舞ってくれるそうです！」

「「「おおおおお！　ありがとうございますぅうう！」」」

マリィは小さく息をついた。

オセが彼女を見上げていう。

『で？』

「別にあなたたちのためにやってないから。勘違いしないでちょうだい」

本心からだった。

水を浄化したのも、シチューを食べたいがため。

しかし……。

「「「ツンデレ！　ありがとうございます！」」」

……カイトのせいで、もうすっかりツンデレが定着してるのだった。

ほどなくして、カイトはどこでもレストランを使って、シチューを完成させた。

マリィは優雅に、レストランのなかでひとり、シチューをする。

「うまいわ……」

ほぅ、とマリィが嘆息しながら言う。

「ちょっと具が足りないけども」

『ぜーたくいうなよ、魔女様よ』

悪魔オセがテーブルの上で丸くなっている。

シチューの中には波山の肉に、乾燥した薬草が入ってる。

『あの獣人ぼーやも頑張ってるよ。ポーション用に魔女様がもっていた薬草とあまりもんの肉で、こんだけうまいもんつくれるんだから』

「当然よ。あの子は料理の天才、私が見込んだんだからさ」

『さいですか……』

オセもペロペロとシチューをなめるようにして食べている。

ふと、マリィが気づく。

「カイトは?」

『村の連中にシチューを振る舞ってるよ』

「ひとりで?」

『ああ』

「ふーん……」

マリィが唇をとがらせる。

『なんだ、カイトを取られて焼き餅か? かわいいとこあんじゃあねえか……ぐえええ!』

マリィが風の魔法、風重圧でオセを押しつぶす。

「勘違いしないで。私はただ、おかわりが欲しいだけよ」

『自分でつげや……いってて。これは何割のツンが入ってるのかい？』

「ツンもデレも入ってないわ。いいわよ、自分で取りに行くから」

マリィが椅子から降りて、レストランの外に出る。

オセは嘆息しながら後ろからついて行く。

……空間をつなげる扉を抜けると、そこには……。

「魔女様がいらしたぞ！」

「魔女様ぁ！」

やたらと血色の良い、村人たちがそこに居た。

笑顔で、走ってこちらに近づいてくる。

『おいおいこりゃあどういうことだい？　村の奴ら、さっきまで死にそうな顔してたじゃあないか？』

栄養不足により、頬はこけて、立っているだけでよろめいていたはず。

しかし今の村人たちはみな、しっかりと立っていた。

肌もつやつやで血色が良い。

「魔女様のおかげです！」

カイトが説明する。

「このシチューをたべたら、みんなあっという間に元気になったのです！」

「……？　それは、あなたの作ったシチューがおいしかったからでは？」

オセが村人たちの分のシチューをぺろりとなめる。

『わかった。これ、めちゃくちゃ魔力がこもってやがる』

「どういうこと？」

『魔女様は、シチューの水に、浄化の魔法使ったろ？　その時、水にかなりの魔力が込められていたんだ。それを摂取したから、こいつら元気になったんだろうよ』

魔力が欠乏すると身体に支障を来す。

彼らは魔力が足りていなかったのだ。

そこに、マリィの作った浄化の水を飲んだ。

結果、魔力が元通りになるどころか、彼らの身体を活性化させ、結果元気になったというわけだ。

「魔女様、さすがでございます！　水をきれいにするだけでなく、村人さんたちまで元気にしてしまうなんて」

「はぁ……」

完全に誤解だった。

別に元気にさせるつもりなんてなかった。

『あれ？　いつもの勘違いしないで～はどうしたんだ？』

「……めんどいからパス。シチューのおかわりだけ寄越しなさい」

「はい！」

周りから賞賛されまくるが、しかしそんなの一切気にせず、シチューを食べるマリィ。

「人を助けるのがまるで当然かのごときふるまい！」

「やはり魔女様は素晴らしいお人です！」

「さすが魔女様！」

……マリィはもう勝手に言わせておくことにしたのだった。

☆

マリィがやりたい放題やってる一方。

シナノの山奥にて。

呪術王アベノハルアキラは、愉快そうに笑っていた。

「なかなかやるではないか……この女……」

陰陽師と呼ばれる存在だった彼は、今、異世界に転移している。

より強い敵と戦いたくて転移したのだが、まっていたのはレベルの低い連中ばかりだった。

そこにきて、マリィと呼ばれる魔女の存在と出会った。

彼はマリィに興味を抱いた。

「これほどまでの魔法の使い手、そうはいない。是非とも手合わせしたいものだ……」

と、その時である。

『『『お待ちくだされ、呪術王様！』』』

呪術王の前に、四体の妖怪が出現した。

彼らは四天王とよばれる、アベノハルアキラが使う式神のなかで、最高位の力を持った存在。

金の狐。

天狗。

ぬるらりとした顔を持つ老人。

そして……八つの顔を持つ蛇。

「どうした、おまえら？」

『王よ、御自らが出ずとも、我ら四天王にお任せください』

どうやら部下は、マリィを呪術王の邪魔をする存在だと思ってるらしい。

呪術王としては、別に彼らの手など借りる気など無かった。

彼が望むのは強者との手合わせだからだ。

しかし……ふと思う。

まだマリィの強さを測り切れていない。

たしかに彼女の魔法は強い……が。

底が見えていない状況だ。

彼らを使って、強さを測るのもいいかもしれない。

「わかった。おまえたちに任せよう」

『『『ははー！』』』

四体の大妖怪たちは一斉に散らばる。

呪術王は肘をついて、つぶやく。

「さて、魔女よ。おまえはどこまでやれるんだ？　教えてくれよ」

☆

翌日。

シチューを振る舞ったことで村人達の顔色はすっかり良くなっている。

だがマリィにとってそんなものはどうでもよい。

カイトの作るおいしい朝食のシチューを食べ終えたら、さっさと出て行くつもりだ。

「魔女様。お願いがあります」

「なぁにカイト？」

マリィはどこでもレストランでシチューをすすっていたところだ。

「村人さんたちから、頼まれたのです……なにか、守る手段をいただけないかと」

『守る……？　ああ、妖怪どもからってことかよ？』

現在、極東は呪術王の放った妖怪のせいで、多大なる被害を受けている。

妖怪のせいで村人達はまともな生活が送れないで居るのだ。

「守る手段……ねえ……」

『おいおい坊主よぉ。それは無理だぜ。このじこちゅー魔女が、人助けなんてするわきゃねーだろ』

オセの言う通りだ。

マリィは全てが己の食欲を満たすために、行動するような女なのだ。

人助けのために動くとは到底思えない。

……が。

「？　何言ってるんですか？　魔女様は今までもずっと、弱者を助けてきた、素晴らしい魔女様ではありませんかっ！」

『ああ、おまえの曇った眼じゃそう見えるんだったな……』

魔女の行いは、全て己のため。

結果として人を助けている物だから、カイト視点ではマリィは正義のヒーローに見えるのである。

「お願いします、魔女様！　どうか、村の人たちを守る何か手段をさずけてあげてください」

「…………ふぅ」

マリィは当然ながら、彼らを守る義理など一切無い。

駄目、そう言おうとしたのだが……。

「このままじゃ彼らの食べるお米も作れない……」

「……お米、作ってるのこの村？」

「はい」

「なるほど……わかったわ」

マリィは深くうなずいて、立ち上がる。

「村の連中を集めなさい」

「！　それじゃあ……」

「仕方ないから、守る手段を授けてあげるわ」

「おお！　さすが魔女様っ！　やっぱり、弱い人たちを守る……優しいお人ですね！」

そんな様子を見て、オセがため息をつく。

『そんなわきゃねーだろ。どうせ、寿司のための米を、せしめようっていう魂胆だろ？』

「？　ほかにないでしょ」

彼女が極東に来た理由はただひとつ。

寿司を食べるため。

寿司には白米が必要。

となれば、この村に恩を売っておけば、米が手に入りやすい、そう思ったのだ。

『あのガキも村の連中も、こんなのが救いの神なんて不憫だな……ぐえええ！』

風重圧で押しつぶされるオセ。

マリィはため息をつきながら、食後のお茶をすするのだった。

ほどなくして、村の中。

「作ったわ。これよ」

マリィがぱちん、と指を鳴らす。
その瞬間、村の地面が隆起し、土の人形ができた。
『魔導人形《ゴーレム》か？』
「正解」
悪魔オセが言う魔導人形とは、魔法で動く特殊の人形のこと。
通常、土魔法の【錬金】を使って作られる。
マリィも例におよばず、土の魔法から魔導人形を生成したのだが……。
『こんな精巧な作りの魔導人形、見たことねえ……！』
「すごいです、まるで人間です！　美しい戦士のよう」
マリィの作り上げた魔導人形は、人間とうり二つのものだった。
よく見ると肌の色が青っぽい。
しかしそれ以外のパーツは完全に、武装した人間にしか見えなかった。
「アルファ。この村を守りなさい」
『承知いたしました』
『な、なにぃいいいいいいい⁉』
アルファとよばれた魔導人形の女が、うなずいて返した。
それを見てオセは飛び上がるほど驚く。
『ば、ば、馬鹿な⁉　生きてる魔導人形だと⁉　あり得ないだろ！』

「？　どうして？」

『魔導人形ってのは、ただの魔法で動くだけの人形なんだよ！　命令通りに動くだけのな！　しゃべれるもんじゃあねえんだよ！』

「？　しゃべれるけど」

『だから驚いてるだろーが！』

オセが全部説明したとおりだ。

マリィが作った魔導人形は、通常ではあり得ない代物。

しかし作った本人もわかってない様子だし、ましてや、魔法の衰退したこの世界の住人達に、このすごさが伝わるわけがない。

「魔女様ありがとうございます！」

「我らのためにこんな素晴らしい兵隊さんたちを貸してくださり！」

「なんとお礼を申し上げれば良いやら……！」

しかしマリィは、言う。

『いつものやつな……』

「勘違いしないでちょうだい」

「「「「ツンデレきたー！」」」」

……後に、村には【ツンデレ】という言葉が残った。

偉大なる魔女をたたえる単語として、末代までずっと……。

六章

マリィ一行は村を出発し、シナノを目指す。

馬車が舗装されていない荒れた道路を進んでる。

しかしマリィのまじないのおかげで、ほとんど揺れを感じないのだ。

「あとシナノまでどれくらいなのかしら?」

正面に座るケモミミ料理人カイトが、村でもらった地図を開いて言う。

「半分くらいですね。今はカイという領地だそうです」

「半分……ね。もうすぐだわ」

待ってろ寿司、とマリィのなかでは、呪術王を倒すことより、その先に待ってるおいしいお寿司に思いをはせる。

しかしカイトは、マリィが呪術王を倒し人々に平穏を早くもたらしたいと、思ってると勘違いしていた。

やはり魔女様はすごい……と感心しきりである。

そんなとんちんかんな構図を、冷ややかな目で見やるのが、黒猫のオセ。

椅子に丸くなって座りながら注目する。

『あんまちんたらしてたら、妖怪による被害が拡大しちまうぜ?』

「わかってるわよ。だから、早めに倒すんでしょう?」

急がないと、米も魚も、根絶してしまう。

許すまじ妖怪……。

「ま、妖怪も全員が悪いわけじゃないけども」

「そうですよね! カッパさんとか、いい人でしたし!」

そういうニュアンスで言ったわけじゃない。

妖怪もおいしいやつがいるよね、という意味合いだったのだ。

確かにぬりかべは食えたものじゃなかったが(カッパもだが)、波山は美味しかった。

妖怪が来るなら、ああいう連中がいい。

とその時だった。

『止まれぇい! 小娘!』

ごぉ……! と馬車の前につむじ風が発生する。

マリィは妖怪が来たのだと思って、喜び勇んで馬車を降りる……。

『呪術王四天王がひとり! 天狗様が相手してやろう!』

妙な妖怪がそこに居た。

赤い顔に、長い鼻。人間のようなフォルムだが、背中からは羽が生えており、手には葉っぱの団扇《うちわ》を持っている。

彼は自分を天狗と言った。

なるほど……天狗……。

「食べられそうなフォルム……してないじゃないの！」

マリィがキレるのも無理からぬ話。

彼女が望んでいるのは、食べておいしい妖怪なのだ。

どう見ても、天狗は食用に適さない。

「駆逐してやるわ……」

マリィはたいそうご立腹だった。

「天狗なんて食えやしないじゃないのよ！」

マリィは片手を前に突き出し、火球《ファイアー・ボール》を撃つ。

無詠唱から繰り出される、超高速の火のつぶては……。

『甘いわ小娘！　ぬぅん！』

天狗は手に持っている葉っぱの団扇で風を巻き起こす。

それは暴風となってマリィの炎をかき消す。

『！　魔女様の炎が打ち破られただと⁉』

「魔女様⁉」

暴風はそのままマリィのもとへ飛んできた。

だが彼女は華麗に宙を舞って回避してみせる。

異空間から取り出したホウキにまたがりながら、「ふぅん」と興味なさそうにつぶやく。

「程度は知れたわ」

『ほざけ！　死ねぇい！』

天狗が団扇で強く打つ。

マリィはそこから、高速で飛翔する風の刃を視認した。

ひらりと華麗に避けて見せると、背後で大きな音とともに……。

「な⁉　や、山が崩れていきます！」

『あのやろう……ただの風の刃で、なんつー威力を……魔女様よぉ、やばいじゃあねえか？』

崩れゆく山を一瞥に、マリィは一息つく。

「問題ないわね」

『その減らず口が、いつまでたたけるかなぁ！』

天狗は連続して風の刃を射出する。

高速斬撃の嵐。

避けようにもスペースがなく、万事休すであるように思えた。

しかし……マリィは避けなかった。

ぱぁん！　とマリィの身体に当たった瞬間、風の刃がほどけたのだ。

『な⁉　ば、ばかな……⁉』

マリィは風にたなびく長い髪の毛を、手で押さえながら、冷ややかに天狗を見据える。

そんなマリィの仕草からはかなりの精神的な余裕が見て取れた。

相手の冷静さは、天狗の動揺を誘う。

おかしい、山をも切断するほどの刃を受けて、なぜ無傷なのだ⁉

「結局これも、魔法じゃないの。なら、反魔法で片がつくわ」

連続風の刃。

だがマリィの元へ到着すると同時に、ただのそよ風へと強制的に換えられてしまう。

彼女の作る反魔法の結界は、あらゆる魔法を無効化する。

「それじゃ、次は私の番ね」

マリィは右手を差し出した。それだけだ。

ざん！　と天狗の片方の翼が、切断されたのである。

『うぎゃぁああああああああああ！』

「あら、避けると思ったのに」

天狗は驚愕の表情で、斬られたほうの翼を見やる。

いつ攻撃されたのかわからない。

あまりに速すぎたのと、そして魔法の出所がわからなかったのだ。

「あなた、無詠唱魔法も知らないの？」

『ば、ばかな……ま、魔力の高まりを貴様からは感じられなかった⁉』

通常、魔法を使う前には、杖や手の先に魔力が充填するものだ。

魔力はヘソで練る。そして、身体を移動し、放出される。

つまり体内の魔力の動きを見れば、ある程度、敵の攻撃するタイミングが読めるのだ。

しかしこのマリィという女は、その魔力の移動をほとんど感じられなかった。

「私の魔力量はほぼ無尽蔵」

『む、無尽蔵の魔力だと!?』

魔力が多すぎるせいか、魔力をためて移動させても、それがわかりにくいという理屈らしい。

「おわりね」

マリィは手を向ける。

それだけで、天狗の身体は風の刃によってズタズタに切り刻まれた。

……敵の攻撃タイミングはおろか、相手が何を使ったのかさえわからない。

圧倒的な力の差を感じながら、天狗は敗北する。

粉みじんになった天狗が消えるのを見て、ふぅと一息つく。

「戦う価値もなかったわ」

マリィにとって戦いとはつまり、食べるためにするものだから。

☆

マリィは呪術王四天王のひとり、天狗を討伐した。

「四天王とかほざいていたわりに、あんまり強くないわね」

つまらなそうにマリィがつぶやく。

いつだって彼女は、何かに不満そうにしている。

彼女が目を輝かせるのは、食欲が満たされた時だけだ。

天狗は可食部位がなかったので、とても残念に思ってるようである。

一方黒猫の悪魔、オセはあきれたように言う。

『魔女様よ、あんたがイカレテルんだよ？』

「？　私は普通の人間よ？」

『強すぎんだよ……！！！』

そうかな、とマリィが首をかしげる。

彼女は魔法の研究に没頭してきたため、それ以外の面……たとえば、強い弱いについてまるで頓着していなかった。

「はい！　魔女様は、さいきょーです！」

「あ、そ」

まあどうでも良いのだ。

問題は食べられるか否か。

「天狗は食べられなくって残念……」

『あん？　魔女様よ。なにしてんだ？』

マリィは落ちてるものを、手に取っていた。

それは先ほど、天狗が使っていた葉っぱでできた団扇だ。

「食えないのなら、せめて戦利品でも回収しとこうかしらってね」

『そーいやあんた、魔道具作りの天才だったな』

「天才かどうかは知らないけど、まあ、人並みに」

『この時代の連中じゃ作れないんだけどな……魔法が使えないから……』

マリィは異空間に、妖怪の使っていたアイテムを収納する。

あとで使ったり、あるいは別の魔道具を作る際の参考にするらしい。

「どれくらい魔道具が入ってるのですか、魔女様？」

「さぁ。数えたこともないから」

『収集してどーすんの？　博物館でも作るんかね？』

「まあ……それもいいかもね。森の中に洋館を作って、そこに飾るみたいな」

まあ、やるとしても遥か未来のことだろうけれど。

アイテムを回収しおえたあと、マリィは馬車に乗って再び旅に出るのだった。

☆

マリィが呪術王四天王がひとり、天狗を倒した。

……そのことは、残りの四天王たちに伝わった。

ヤマタノオロチ、ぬらりひょん、そして九尾の狐。

彼らは念話を通して、天狗がやられたという情報を共有する。

『聞いたか？　魔女が天狗を倒したぞ？』

『ふ……天狗の奴め、足をすくわれたようじゃな』

『馬鹿なやつだわね。人間ごときに侮ったうえで負けるなんて』

だれも、マリィが実力で天狗に勝ってないと思っていることが、その馬鹿にしきった声から伝わってくる。

『そもそもあいつは四天王最弱だった』

『四天王の恥じゃ』

『そのとおり。しかし魔女はこれで調子に乗るかもしれないわね』

所詮はビギナーズラック……と四天王たちはそう思っているようだ。

『どれ……次は我が行こう』

『ほぅ、ヤマタノオロチが行くのかの』

『勝てるのぉ？』

ふっ……とヤマタノオロチがあざ笑う。

『問題ない。人間ごとき、このヤマタノオロチが負けるはずもない』

……そう言っている時点で、彼は天狗と同じミスをしている。

結局人間が妖怪には勝てないもの、という固定観念を捨て切れていない。

魔女が、相当な実力者である。

それを認めない限り、同じ運命をたどるというのに。

☆

マリィは天狗を倒したあと、山の奥へと進んでいく。

「はぁ……」

「どうしたんですか、魔女様……？」

ケモミミ料理人カイトが不安そうな顔をマリィに向ける。

彼女が窓の外を見ながら、物憂げな表情をしていたからだ。

しかし悪魔オセだけはわかっていた。

『どーせ飯の話だろ？』

「？　それ以外になにかあるの？」

『だろうな……で？』

「お腹すいたわ」

オセはあきれたように、大きくため息をつく。

一方でカイトは、自分の出番が来た！　と意気揚々と立ち上がる。

戦いの面で役に立てないカイト、せめて、魔女の食欲を満たしてあげなければ！　という使命感にかられているのだ。

一方でオセはもう何度も見た姿に若干うんざりしてる。

『魔女様よ、ちょっと腹減りすぎじゃ無いか？』

「戦うとお腹すくのよ。はぁ……天狗戦は、実に無駄な戦いだったわ。だって食べられなかったのですもの」

マリィにとっての戦闘は狩りに近い。

戦うとそのあとに、おいしいが待っている……はず。

しかし食べられない妖怪のなんと多いことだろうか。

可食部位にとぼしいモンスターばかりで、ちょっと極東が嫌いになりかけていた。

これで寿司がまずかったら、二度と極東には来ない予定だ。

「魔女様、手持ちの食材で何か料理を作りましょうか？」

「新しいおいしいを作れる？」

「う……ちょっと食材が足りないかもです」

はぁ……とマリィがため息をつく。

「都合良く向こうから、来ないかしらね。妖怪が」

『そう簡単に来るかね？　魔女様やたらめったらぶっ殺しまくってるから、妖怪もびびって出てこないんじゃ……？』

と、その時だった。

ずももも、と山の地面が盛り上がったのだ。

『なっ、なんだぁ⁉』

「下です！　何か大きなものが……うわああああ！」

地面が爆ぜる。それと同時に、マリィたちをのせた馬車が吹き飛ばされた。

マリィは空中で風の魔法を使い、彼女とカイトだけを助ける。

オセは地面に、顔から突っ込んだ。

「誰よ？」

『ふしゅしゅしゅしゅ！　誰とはごあいさつだなぁ……！　我はヤマタノオロチ！　呪術王四天王が一人！』

巨大な……蛇だった。

蛇……蛇かぁ……と微妙に乗り気じゃない、マリィ。

「もうちょっとおいしそうなの来なさいよ」

『何をふざけたことを！　ここで殺させてもらうぞ、魔女！』

とは言え、マリィはとても乗り気じゃない様子。

その理由が、蛇っておいしくないよね？　というあまりにも残念なものだった。

しかしマリィと違ってヤマタノオロチはやる気十分の様子。

『死ぬがよい！！！』

八つの口から、それぞれブレスを吐き出す。

それは麻痺、毒などの、八種の異なる状態異常を引き起こすブレスだ。

マリィはカイトを連れて華麗に避けてみせる。

風の魔法を使って、カイトにバリアを張る。

「そこでおとなしくしてなさい」

「はい！　魔女様……ふぁいとです！」

まあカイトなら、たとえ相手が蛇だろうと、おいしく料理してくれるだろう。

「調理はカイトに任せるとして……こっちは下ごしらえね。【風刃《ウィンド・エッジ》】」

マリィは風の刃で攻撃する。

常人では視認できないスピードで、風の刃が飛翔し、ヤマタノオロチの頭の一つを吹き飛ばす。

『うっくく……ばかが』

にゅるり、と切断面から新しい頭が発生する。

再生能力持ちのようだ、とマリィは思った。

だが同じような性質を持つモンスターは過去にも見たことがある。

マリィは特段驚かず、もう一度風刃を放つ。

しかしヤマタノオロチの首を、風の刃が切断しようとしたその時……。

かきん！　と刃をはじいて見せたのだ。

「!?　どういうことですか！　さっきの攻撃が、通じていないです！」

「ふぅん……そういうこと……」

マリィは気づいていた。

相手が、【学習】したのだと。

『ありゃ……たぶんラーニングだぜ？』

「オセ様、ラーニングってなんでしょう？」

『一度受けた攻撃を、学習し、攻撃が通用しなくなるって能力だ』

しかもそこに加えて、再生能力を持っている。

つまり……。

『まじぃぞ魔女様。あいつ再生があるから、攻撃をわざと受けて、技をラーニングしまくることができるぜ』

再生とラーニング。

ふたつの能力を敵は所有しているようだ。

「そんな……無敵じゃないですか！」

『くははは！　その通り！　わが力は最強！　小娘ごときが勝てるはずがないのだぁ！』

マリィは次に、風烈刃《ウィンド・ストーム》を発動させる。

発生した風邪の竜巻は、ヤマタノオロチの首を二本切り落とした。

しかし二本ともすぐに再生。

マリィはすぐにからくりに気づいた。

「ちょっと長引きそうね」

「どういうことですか⁉」

「敵は並みの攻撃だと再生してしまう。あの頭……おそらく八つ全部ふきとばさないと殺せない」

マリィはすぐに敵の持つ性質に気づく。

再生にラーニング、そして討伐にはかなりきつい条件がある。

『こりゃ今回ばかりは苦戦するか……？』

「なにが？　問題ないけれど」

マリィは右手を頭上に構える。

無数の魔法陣が、展開する。

「教えてあげるわよ。本物の、魔法使いってやつを」

強敵を前にマリィはみじんも動揺することがない。

……ヤマタノオロチは、困惑した。

大抵のやからは、ヤマタノオロチを倒せないと知ると、恐怖するか、絶望するかのどちらかのリアクションを見せていたからだ。

しかしマリィは、そのどれでもない第三の反応を見せた。すなわち。

「調理開始ね」

臨戦態勢だ。

マリィは異空間から、一本の鍵を取り出す。

『鍵……？　なんだよ魔女様』

「封印してるアイテムの……鍵」

マリィは鍵を、何もない空中に向かって回す。

がっちゃんという音とともに、空中に魔法陣が展開。

何もない空間から降りてきたのは一本の杖だ。

先端部分が花のつぼみのような形をした、高位の魔道具である。

『なんだあのアイテム……！　なんつー魔力量……！　いったい、どんだけ魔法を付与してあるんだ！』

「オセ。あなたは、自分が食べたパンの枚数を覚えてるかしら？」

『急にどうした⁉　まあ……覚えてないけどよ』

朝、パンを食べる。

それは、当たり前の行為だ。

魔女にとって、これくらいの付与は、パンを食べるかのごとくたやすい行為だと言いたいのか？

「ちなみに私の食べた枚数は五六四〇四五三枚よ」

『食い過ぎだろっ！　ぜってえうそだろ！！！！！！！　なあ！』

「さ、調理を開始しましょうか」

『もう一回言ってみろよ！　今の数字絶対てきとー……ぐえええ！』

風重圧で押しつぶされるオセ。

一方で、ヤマタノオロチは、完全にびびっていた。

この妖怪も、マリィの取り出した新たな武器から、とんでもないパワーが秘められていることを感じ取っていたのだ。

「正解よ。だが……遅いわ」

すぅ……とマリィが杖の先端部分を、ヤマタノオロチに向ける。

「あなたへの勝利条件は、見たことない攻撃を、無数に浴びせて殺す」

『⁉』

目を大きく剥くヤマタノオロチ。

それは雄弁に、マリィが示した解決方法が、自分を死に導くものだと語っていた。

「倒し方を気取られた時点で、自爆覚悟でかかってくるべきだったわ。もう遅いけどね」

マリィが魔力を込める。

先端部分のつぼみが開いて、先ほどの比じゃないレベルで、魔法陣がヤマタノオロチを囲った。

「多重展開」

魔法。魔力を消費し、現象を起こす技術。

大気中の魔素を吸収し、魔法のエネルギー……魔力へと変換。

しかるのち、魔力に命令をくだし、外界に現象を引き起こす。

魔法一つ使うだけで、これだけ多くのプロセスを要するのだ。

そして魔法を使う上での一つの原則が存在する。

それは、魔力の属性について。

使う魔法の属性に適した魔力を、己のうちで生成する必要があるのだ。

水の魔法を使うのなら、水の魔力を作る必要がある。火や風も同様。

つまり、つまり火と水の魔法を同時展開するためには、魔素を取り込んだ後、体の中で二つの、別々の魔力を作る必要がある。

はっきり言って、不可能だ。

一つの魔力を生成するのに、どれだけの集中力と、技術が必要か。

まだ魔法が廃れる前の世界であっても、複数の魔法を展開する技術……多重展開を使えるものはほぼいなかった。

唯一、できたのは……魔女の神と言われし存在、ラブマリィのみ。

「多重展開……【千の呪文《サウザンド・マスター》】」

……複数の魔法を同時に展開するのは、超技能である。

しかし、マリィは。

千の魔法を、展開してみせる。

ヤマタノオロチを取り囲むように、千の魔法陣が展開。

『な、なんだ⁉　なんだこのおびただしい魔法陣のかずかずはぁ⁉』

そこから吐き出されたのは、魔法の嵐。

風刃《ウィンド・エッジ》。風烈刃《ウィンド・ストーム》。火球《ファイアー・ボール》、業火球《バーン・ストライク》……。

『や、やめ……』

水流《アクア・ストリーム》。水衝柱《スプレット》、土弾《アース・バレット》、巨岩弾《ストーン・キャノン》……。

煉獄業火球《ノヴァ・ストライク》、颶風真空刃《ゲイル・スライサー》、水流大津波《メイル・ストリーム》、地竜顎疾駆《グランド・ダッシャー》……。

『と、とま……とまら……』

初級魔法から極大魔法まで、ありとあらゆる魔法が、無詠唱で、しかも多重展開される。

絶え間ない魔法の嵐を前に、ヤマタノオロチは何もできなかった。

圧倒的だ。

魔法一つ発動させるだけでかなりの精神力を使う。

それを千個同時発動なんて、はっきり言って人間業ではない。

しかしこの魔女は、規格外だ。

涼しい顔をして、千の魔法を展開する。

……その様子に、ケモミミ料理人カイトは素直に、すごいと感心した。

彼女の放つ魔法の数々はどれも美しく、この世のものとは思えないほどだ。

……一方でオセは言葉を失う。

彼女がやってるのが、人外のレベルを、遙かに超えているからだ。

『ばけもんだ……ありゃ……』

悪魔《ばけもの》であっても、思わずそうつぶやいてしまうほど。

マリィの放った奥義は……すごかった。

やがて魔法の嵐がやむ……。

するとそこには、ヤマタノオロチの姿は無かった。

それだけじゃない……。

『山も……消し飛んでやがる……』

周囲には山岳地帯があったはずだ。

しかし山々が、魔法によって消し飛ばされたのである。

『やばすぎんだろ……魔女様……つーか、こんな技があるんだったら、なんで温存してたんだ？』

すると、本当にあっけらかんとした表情で言う。

「だってこれ、使ったら何も残らないじゃない？　そしたら……食べるとこ、なくなっちゃうじゃないの」

……どこまでも、この女が戦うのは、己の食欲を満たすために戦うようだ。

『もうなんつーか……やばいよあんた』

「あらそ」

マリィに勝利の余韻などない。

むしろ、余計な魔力を使い、お腹がすいてしまった。

倒したところでまあ、蛇は食えなかっただろうけども。

「はーあ。早くおいしいご飯が食べたいわ」

強敵を撃破したというのに、マリィの表情は晴れない。

「ごはん……」

『またかよ……』

「だって……お腹すくじゃない？　魔法使うと」

『ねえよ。魔力を使うと普通は、頭痛がするんだよ』

魔力を操作するには、強靱な精神力が必要とされる。

つまり、脳が疲弊してしまうのだ。

「頭痛なんて感じたこと一度もないけど、お腹はすくわ」

『なんつータフな精神力してんだよ……ばけもんかよ……』

動けば腹が減る。

腹が減ったらご飯を食べる。

「カイト、ヤマタノオロチを使って、何かおいしいご飯を食べれないかしら？」

『は？　ちょっと待て。魔女様よ、あんた、ヤマタノオロチは存在まるごと消し飛ばしたんじゃ……？』

「最初に、吹っ飛ばした首を、回収しておいたのよ」

マリィが風刃で攻撃した際に、ヤマタノオロチの頭部は復活した。

だが切り飛ばしたそれは、放置されていたのである。

『なるほど、くっつけたんじゃなくて、新しく生えたのであって、古いやつはそのままなんだな』

あの激しい魔法合戦の合間に、食材を回収しておくなんて、通常は不可能だろうけども。

マリィにとって、あんな蛇は怖くもなんともなかった。

「さすがです魔女様！　あの強敵相手に、余裕を見せるなんて！　本当にすごいです！」

「賞賛はいいから、さっさとご飯。何かおいしいものを……蛇だけど……」

マリィ的には蛇は、あまりおいしいものに変わるとは思えなかった。

「そうですねぇ……ひつまぶしとか？」

「！　なにそれ！」

「蒲焼きにしたウナギを、ぶつぎりにして、ご飯の上に薬味と一緒に混ぜて食べる郷土料理だそうです！　こないだ助けた村の人から、教えてもらいました！」

それだ！

なんておいしそうなんだ！

「ああでも……お米がないわ……」

極東で栽培される、米。

それがないから、マリィはここまでやってきたのだ。

しかし極東は呪術王の呪いの毒で、稲作ができないでいる。

マリィはがっくりとうなだれて嘆く。

「大丈夫です、魔女様！」

ケモミミ料理人カイトはマリィをこう励ます。

「呪術王を倒せば、ひつまぶしも食べれます！」

「！　お寿司だけじゃ無くて……ひつまぶしも？」

「そうです！　この蛇は保存しておいて、後の楽しみにとっときましょう！」

ばっ、とマリィが立ち上がり、優雅にスカートをひるがえしながら、馬車へと向かう。

「すぐに、呪術王を倒すわよ」

「はいっ！」

『小僧よぉ、魔女の扱いうまくなってきたなぁおい』

☆

四天王のひとり、ヤマタノオロチが倒された……。

その様子を、呪術王は式神を使って見ていた。

「くひっ！　くひひひっ！　やるじゃないか！　魔女ぉ！」

目玉の式神から映し出されるのは、幻影だ……。

これは、遠く離れた山の中で撮影されたものである。

マリィとヤマタノオロチ戦を見て、呪術王は嬉しそうに拍手する。

「いいぞ！　まさにラーニングと不死の力を持つ化け物を倒すとは！　しかも……あの杖は特級の魔道具！【接骨木の神杖《ニワトコのつえ》】じゃないか！」

接骨木の神杖とは、魔法力を増幅する、凄まじい魔道具である。

「天才魔道具師、八宝斎《はっぽうさい》が作ったという……最強の魔力増強器《マジック・ブースター》！　けひひっ！　まさかそんな超レアアイテムを持っているなんて！　さすがじゃないか……！」

八宝斎とは世界最高の誉れ高い魔道具師のことだ。

「いやまて、八宝斎の接骨木の神杖は破壊されたと聞く……まさか、作ったのか！　自分で！　ははははっ！　なんということだ！」

失われた超絶魔道具を、あの魔女は自分で作って見せたのである。

「いい！　いいぞ魔女！　それでこそ……戦いがいがある！！！」

呪術王がこの世界に転移したのは、ひとえに退屈だったから。

強者を求めて転移したはいいものの、ここは魔法の衰退した世界。

だれもが弱く、非常に退屈していたところだった。

そこにきて、ヤマタノオロチを討伐するほどの魔法力。

そして、失われた伝説の魔道具、接骨木の神杖を自分で作り出してしまうほどの技術力。

「さぁ、他にどんな手札を持っている？　見せてくれ、おれをわくわくさせてくれよ、魔女！」

四天王はあと二人。

もちろん負けるだろう。

せめて、魔女が他にどんな手札があるか示してから死んでほしい。

全力を知ってから戦いたい。

手札を知る前に殺してしまっては……楽しくないから。

☆

マリィたちは野営をすることになった。

山中で、カイトがたき火の前で料理をしている。

マリィは敷物上に座って、カイトの料理を待っていた。

『そういやよ、魔女様よ』

黒猫の悪魔オセが、気になっていたことを尋ねる。

『あんたがさっき使っていた杖……接骨木の神杖だよな？』

マリィは首をかしげる。

「名前なんてついてたのね」

『知らずに使ってたのかよ……』

「そうね。使ったのは魔王を倒すのに一度だけだけど」

魔法の多重展開を可能にする魔道具だ。

神器と言って差し支えないほどのものである。

『あんなやべえやつ、どこで手に入れたんだ』

「なんだか怪しげな職人から、使ってみないかって渡されたのよね」

『職人？』

「ええ。気持ち悪かったから折ったわ」

『折ったんかい！　それ神器だぞ！』

神器。神のごとき力を発揮する、特別な魔道具のこと。

とても稀少で、金銭での売買が不可とされている。

「呪いがかかってたのよね。だから、私が新しいものを作ったの」

『接骨木の神杖を、改良したってことか？』

「ええ。ちょっと出力は落ちたけど、杖にかかっていた呪いは解除できたわ」

『……なんかもう、あんたってやばいレベルを二段も三段も超えてるんだな』

神器の創造なんていう離れ業をなしたというのに、本人はそれがすごいことだとはみじんも思っていない。

これが、マリィという女である。

「魔女様！　お夕飯が完成しました！」

「でかしたわカイト！」

目をキラキラさせるマリィ。

彼女にとっての関心事は、戦闘やその強さなどではなく、料理ただそれだけだ。

カイトが提供するおいしい料理に胸を弾ませながら、問いかける。

「今日はどんなご飯？」

「極東の郷土料理です……じゃーん！　【ヤマタノオロチの炭火焼き】でーす！」

蛇の肉を、串に刺せて焼いた、シンプルなものであった……。

オセは口元をひくつかせる。

『い、いや小僧よぉ……。さすがにこれは……グロすぎないか？』

「そうですか？　美味しそうですよ！　ね、魔女様！」

『いやぁ……いくら暴食の魔女でも、こればっかりは……』

しかし、マリィは特段気にした様子も無く、炭火焼きをはむはむと食べる。

「ん！　皮はパリッとしてて、中身はとってもジューシィだわ。白身魚みたいな、淡泊な味わいに、皮のパリパリ加減と、ぴりりと来るスパイスが絶妙に……いい！」

どうやらビジュアルはあまり気にしないようだった。

マリィはうまうま、と気にせず炭火焼きを食べるのであった。

☆

マリィはヤマタノオロチの炭火焼きを食べ、とても満足したらしく、すぐに眠ってしまった。

テントを張って、その中で眠る二人。

『やれやれ……不用心なやつらだぜ、ったくよ』

悪魔オセだけが起きて、見張りをしていた。

オセはマリィの下僕であるため、彼女を守る義務があるのだ。

『しっかしよく食べる女だなあいつ……やめてほしいんだが』

悪魔は契約者の負の感情を糧としている。

マリィがメシを食うたびに、幸せな感情を抱くたびに……。

オセは苦しみを味わっているのだ。

『ん？　なんだ……』

闇夜に紛れて、何かがうごめいている。

手の長い化け物、足の長い化け物が、肩車してやってきた。

『！　妖怪……！』

『て、てめら、何ものだ！』

オセは臨戦態勢をとる。

彼らからはかなり強い気を感じた。

そう……マリィが瞬殺していくから、いまいち強さが伝わらないが。

妖怪とは本来、かなりの高レベルモンスターなのである。

マリィたちが元々居た大陸で言うところの、Sランクモンスター以上の強さを持っているのだ。

現在のオセでは、太刀打ちできないような相手。

『わしらは足長《あしなが》手長《てなが》。ぬらりひょんさまの命令で、魔女を倒しに来た』

『ぬらりひょん……？』

聞いたことないが、おそらくは妖怪の仲間なのだろう。

手の長い化け物、足の長い化け物。

二体の妖怪とのバトル。

しかし……マリィは眠っている。

……別に、マリィなどどうでもいいんだが。

しかし今まで旅をし続けてきた相手を……。

見殺しにするのは、寝覚めが悪かった。

『あくそ！　守ってやるよ！　来い化け物め！』

オセは毒を操る悪魔だ。

あらゆる毒を使うことができる。

とはいえ。

相手は格上。

今のオセでは倒せないはず……なのだが。

かきーん……！　と。

『は……？　な、なんだ……い、石になったぁ？』

足長手長たちは、オセが殺気を込めてにらんだだけで、石になってしまったのだ。

一瞬、何が起きてるのか理解できなかった。

『石化……？　ま、まさかおれが石化なんつー、高度な状態異常スキルを使ったってのか？』

なぜか、と考えて……一つの結論に至る。

『まさか……』

オセはマリィのテントを除く。

目に魔力を込めて、よーく目をこらして見ると……。

マリィの体から、膨大な魔力が流れている。

そして、魔力はオセへとむかって流入していた。

『やっぱそうだ……あの魔女様。妖怪を喰らうことで、魔力を吸収し、強くなってやがんだ！』

一般には知られてないことだが、魔物を喰らうことで、体内魔力量が増える。

しかしこのルールを知っていたとしても、人間では通常、魔物を喰らうことはできない。

なぜなら、魔物の体には（妖怪もだが）、毒が含まれているからだ。

しかし。

『そうか……あのケモミミ料理人……魔物や妖怪の毒を、調理の段階で抜いて、魔女が喰いやすいようにしてるのか……』

ようするに。

カイトは、魔物が本来持つ毒を除去する。

魔女は魔物を喰らうことで、さらに強い個体へと進化する。

で、配下であるオセも、また進化した……という図式らしい。

『魔女様の異常さばっかりが目立つけど、あのガキも大概だな。魔物の毒、しかも初見の魔物ですらも、調理方法を見つけだしてしまうんなんてよぉ……』

オセは改めて、魔女とカイトの化け物っぷりを目の当たりにして、ため息をつくのだった。

☆

オセが足長手長を討伐した……。

その様子を、四天王の残り二人が見ていた。

水晶玉を通しての映像に、戦慄《せんりつ》する二人。

ぬらりひょん、そして九尾の狐。

『よもや……ここまでやるとはのぅ……』

四天王が一人、天狗がやられた段階では、まだ精神に余裕があった。

所詮四天王最弱がやられただけだと。

……しかし、ヤマタノオロチまで倒したとなれば話は別だ。

しかも、その倒し方が彼らの常識を遥かに超えていた。

『あんな数の魔法を、ノータイムで、しかも多重展開ですって……』

下手したら呪術王すらも凌駕するのでは無いだろうか。

そう、不敬なことを思い抱いてしまうくらいには、あの魔法はヤバすぎた。

『しかも魔女だけで無く、その仲間も尋常ならざるものときている……さてどうするか……』

『どうするか、じゃあないわよ！　どうにかしなさいよ！』

四天王は残り二人。

ヤマタノオロチを瞬殺されたのだ。

自分たちも、同じ運命を辿る気がしてならない。

『こうなれば……四の五の言っておられんな』

『そうね……共闘しましょう』

自分たちが強いと思っていた時とはいざしらず、現在はマリィの強さを認めてしまっている段階。

単騎で挑めば死ぬのは必定。

ならば、手を組んで挑めば良い。

『百鬼夜行のぬらりひょんと、千変万化の九尾の狐のタッグよ。これなら、負けるはずがないわ』

……残念ながら、そんなことはないのだ。

七章

マリィたちは馬車に乗って、領地シナノにいるという、呪術王を倒す旅に出ている。

うんざりするほどの山を超えて……。

「魔女様魔女様っ。ついに、シナノに到着しましたよっ！」

正面に座る、ケモミミ料理人のカイトが笑顔で言う。

もう少しで呪術王のもとへ行ける。

恐い相手だ。

しかし最強の魔女がこっちにはいる。

マリィならば、たとえ凶悪な相手だろうと、必ず倒し、そしてみんなを笑顔にしてくれるだろう。

そう思ってカイトは笑みを浮かべた。

「ええ、ついに到着ね」

一方でマリィもまた笑みを返す。

この暴食の魔女の場合は、別に人々を守りたいとか一切思っていなかった。

ただ、彼女が目指すのは、寿司。

現在呪術王のせいで、ここ極東の大地は呪いの毒に犯されている。

そのせいで、米が育たない状態にあるのだ。
彼女は寿司をはじめとした、極東の和食というものに興味を抱いている。
和食には米が必須。
米のために彼女は戦っているのだ。
もう少しで、米が食べられる。
そう思うとよだれが分泌され、思わずじゅるるりと舌なめずりする。
『決定的に食い違ってんだよなぁ～……』
そんな二人のすれ違いを、悪魔オセがため息交じりに見ている。
『ンで、小僧？　呪術王はシナノのどこにいるんだ？』
カイトは膝の上に、シナノの地図を広げる。
この領地は、【ト】の形をしてる。
現在地点として、カイトは南東の方を刺す。
「ぼくらがいるのはここで、呪術王がいるのは……北部。ここに、居ます」
『なるほど、シナノも結構広いんだな』
「ええ。もう一踏ん張りです！」
マリィは憂い顔をしてため息をつく。
この国の、苦しんでいる人たちに思いをはせている……。
などではなく。

「早くお米食べたい……」

であった。

『ぶれないなぁあんたはよぉ』

馬車はガタゴトと北上していく。

すると……。

『なんだありゃ？　でっけえ湖？』

「はい。あれがシナノ最大の湖、ワーズ湖です！」

山の中を進んでいたのだが、開けた場所に出た。

そこには大きな湖があって、その周りに建物が散見する……のだが。

『おいおい、なんだいあの、きったねえ湖は……』

汚泥と見まがうほどに、ワーズ湖は汚かった。

カイトは村人から聞いた情報を言う。

「本当はとても綺麗な湖だったそうです。湖は女神様がいるとか……」

『あんなきったねえ湖に女神さんなんているのかねぇ？』

疑念を抱くオセ。

一方、マリィはさほど興味はないらしく、窓の外を見ている。

「湖……」

本当だったらお魚が食べれたかもしれんない。

しかしあの湖の毒じゃ、魚は全滅してるだろう。

「……許せないわ」

「！　ですよね！　わかりました！」

『ちょ、小僧？』

ぴょいっ、とカイトは御者台に乗ると、馬車を勝手に、ワーズ湖へと進めていく。

『ちょっとどうした！』

「魔女様が、この美しい湖をなんとかしたいと！」

『いつこの女が言ったんだよ⁉』

「許せないいないわ！　って！」

オセだけは理解している。単に湖のおいしいもの（魚）が、毒のせいで食べれない。

そのことに腹を立てているだけだと。

『おいおい良いのかよ魔女様よ？』

「お腹減った……」

『あかん、腹減りすぎて判断力が低下してる……』

暴走する獣人、空腹の魔女。

ふたりを制御するのは、たとえ悪魔であっても難儀するのだった。

☆

ややってマリィたちはシナノにある最大の湖、ワーズ湖へとやってきた。

この町には大きな湖があるのだが、妖怪達の呪毒によって汚染されていた。

『こいつぁ……ひでぇや！　鼻がひんまがりそうだ！』

湖の畔に馬車を止めたマリィ。

汚水の匂いに、おもわず黒猫の悪魔オセが鼻を押さえる。

カイトも同様らしく、不快そうに顔をしかめていた。

「卵の腐ったにおいとか、色々まざったおかしな匂いがしますぅ～……」

マリィもまた、不愉快そうに眉根を寄せていた。

「なんて酷い……」

そこへ、町長らしき男が話しかけてきた。

カイトが、彼に話をつけてきたのである。

「お初にお目にかかります。わたくしはマチオーサ。ここで町長をやっております」

マチオーサがマリィたちの前で頭を下げる。

その顔には疲れが見えていた。

おそらく、この湖の汚染によって、彼らは苦労を強いられているのだろう。

表情だけで心中を察したカイトは、同情的なまなざしを向ける。

一方マリィは、先ほどまでの腹減った～と緩みきっていた表情から一転。

険しい表情で、湖を指さす。

「この湖、一体いつからこんなことに？」

「呪術王が来てからです。あやつめの妖怪がこの湖に住むようになり、以後、ワーズ湖はこのような有様でして……」

「なるほど……じゃあ、この湖にはなんかの妖怪が住んでいるってことね」

ただ、浄化して終わりって、訳ではなさそうだ。

マリィは右手を前に突き出し、人さし指をくいっ、と曲げる。

すると湖が……。

ドッパァアアアアアアアアアアアアン！

大きな音を立てて、湖の中から、巨大な妖怪が出てきたのだ。

『なっ⁉　おい魔女様よ、何したんだ⁉』

「ただの重力魔法よ」

『じゅ、重力魔法っていったら……古代魔法の一つじゃ無いか！』

古代魔法。

それは、属性に分類されない魔法であり、それでいて尋常ではあり得ない効果を発揮する魔法だ。

飛行魔法、鑑定魔法など、どっちかと言うとスキルに近い効果を現す魔法もあれば、重力魔法、時間停止魔法など、人間が逆立ちしたって、使えることのできない、すごい魔法をも、この古代魔法に分類される。

『吾輩の眠りを妨げるやつはどこだぁ……!?』

汚らしい体を持つ妖怪にむかって、マリィが毅然とした態度で言う。

「私よ。私はマリィ。あなたを殺すもの」

カイトは、『弱い人たちを守る魔女様かっけー』と思っている。

だがオセは知っている。

『どーせ、この匂いのせいで、ご飯がおいしく食べられなくてキレてんだろ?』と。

マリィは、当然のようにうなずいた。

どこまでも自分本位の女なのである。

さて、元凶である妖怪の見た目はというと……。

「キジ……ですかね」

細長く、美しい鳥は、しかしまがまがしいオーラを発してる。

枯れ枝が集合したような、妙な形の翼を持つ……妖鳥。

「妖怪ね」

『しゃしゃしゃ！　その通り……！　わらわは毒妖鳥《ちん》！　呪術王様の配下であり、妖毒使いよ！』

毒妖鳥と名乗った鳥の妖怪は、にぃ……と魔女に笑みを向ける。

『貴様が偉大なる呪術王様に刃向かうという、愚かな魔女だな？』

「ふぅ……」

マリィは毒妖鳥を無視して、不機嫌ににらみつける。

「まずそうな鳥」

あろうことかこの魔女、毒妖鳥を食べる気まんまんであった。

今までの、食べられないフォルムの妖怪（ぬりかべなど）とは違い、毒妖鳥はいちおう鳥。

ぎり……食べられそう。

しかし自分から毒使いとか言ってるし、しかも痩せてておいしそうには到底見えない。

そのため、やる気半減であった。

『悶え苦しめ、魔女めが……！』

ばさぁ……と毒妖鳥が翼を広げる。

小枝のような細長い翼が広がると、その先端部からシュゥウウウ……と煙が発せられる。

「霧……？」

『小僧！　下がってろ！　ありゃ毒だ！！！』

同じく毒使いであるオセには、わかった。

毒妖鳥から放たれる霧は、事態に有害な猛毒であると。

しゅうう……と吐き出された霧が、毒妖鳥の背後で広がる。

それは遠目に見ると、アメジストの色をした、美しい翼のようであった。

『毒の翼……それがてめえの能力ってわけか！』

『しゃしゃしゃ！　その通り！　この毒の霧は、ほんの少し吸い込むだけで人間は死に至り……。そして、美しい湖はこの通り毒の沼とかす』

徐々に、毒の翼が広がっていく。

しかも厄介なことに、指向性を持っているようだ。

マリィたちにむかって毒の霧が押し寄せてくる。

マリィは思わずふら……とその場に崩れ落ちた。

「魔女様!?　ああ、毒にやられてしまわれたのですね！」

『いや……違うだろ』

オセだけは理解していた。

あの魔女が、こんなやつ程度に負けるわけがないと。

では、なぜ膝をついたのか。

「おなか……減った……」

オセは、ああやはりかと……あきれてしまう。

どんな攻撃も魔女には通用しない。

それほどまでに、魔女は強いのだから。

「ねえ……カイト……あの鳥、食べれるかしら……？　おいしく調理できる……？」

『い、いや……さすがにあの猛毒を持ってる鳥を、食えるわけないだろ』

カイトは力強くうなずいて言う。

「できます！　きじ鍋っていう、料理がおいしいです！」

「きじ鍋……！」

マリィの瞳にやる気の炎がともる。

風の魔法で、毒を吹き飛ばした。

『なっ⁉　ば、馬鹿な……！　生きてるだと⁉』

「悪いわね、毒妖鳥とやら。おとなしくお鍋に入りなさい！」

オセは、『お縄をちょうだいしなさいとかじゃあねえんだな……』とあきれながら、ため息をつくのだった。

『はっ！　馬鹿が。毒霧なんぞ、この魔法使いに通じる訳ねえだろ！』

黒猫の悪魔、オセが勝ち誇ったように言う。

彼もまた毒使いだが、マリィの魔法に手も足も出ず敗北してる。

毒の弱点《ウィークポイント》は、同じく毒使いであるオセが熟知してるのだ。

しかし……。ドスッ……！

「魔女様っ！！！」

『なんだあの翼！　異様に伸びて、魔女様の体に突き刺さっている！』

まるで注射針のように尖った翼の先端が、魔女に突き刺さる。

『魔女様は結界を展開していた……。それをつらぬくとは！』

『しゃしゃしゃ！　結界を毒で溶かし、針を内側へ伸ばしたのだ！』

無数に突き刺さる翼。そこへ、毒妖鳥の毒が流し込まれる。
「魔女様！」
『ばか！　近づくんじゃあねえぞ小僧！』
近寄ろうとするケモミミ料理人、カイトを、オセが呼び止める。
「で、でも魔女様が！」
『……あんなんで、やられるやつじゃねえ。見ろ！』
オセが尻尾で、マリィを指す。
毒が流し込まれているはずなのに……。
『ば、馬鹿な！　原型を保っているだと⁉』
毒妖鳥が驚くのも無理は無い。
魔女の結界すら溶かす毒を、体内に直接投与しているのだ。
体は一瞬でドロドロに溶けてもおかしくない。
だというのに、マリィは平然としている。
『ぎしゃあ！　どうなってやがるんだぁ！』
「この程度の毒で、私が殺せると？」
よく見るとマリィの体が淡く発光し続けていることがわかった。
オセは、マリィが毒を受けても無事な理由について気づく。
『そ、そうか。魔女様は常に解毒《アンチトード》の魔法を展開し続けているんだ！』

『ば、ばかな！　解毒だと⁉　そんな低級魔法で、わしの呪毒が打ち消せるとでも⁉』

ふん、とマリィが鼻を鳴らす。

「あなたの毒を受けた瞬間、体内でその毒の成分を分析し、それを打ち消すよう魔法をチューニングしたの。それだけよ」

……それが、どれほど高度なものなのか。

オセはわかっているため、愕然とするほかなかった。

そもそも体を一瞬で溶かす毒を、受けたその瞬間に解毒法を作り出す時点で、イカれているのである。

魔法の組み立てる速さ、そして魔法を改造するその手腕は、悪魔を持ってしても驚嘆するほかなかった。

「終わりね」

マリィが魔力を込める。

するとマリィを包んでいた光が、毒妖鳥へと逆流していく。

『ぼぎゃぁああああああああああああああ！』

どがあああああああああああああああああああん！

……毒妖鳥の体が、内側から破裂した。

唖然とするオセ達。

『ま、魔女様よ……ありゃあいったい……？』

「解毒の魔法を強めて、あいつに流してやったんだわ」

『解毒って……爆発四散してるんだが……』

「ふむ。威力をミスったようね。ま、倒せたんだから良いでしょ?」

ぼと、ぼと……と毒妖鳥の肉が地面に落ちてる。

「さ、カイト。きじ鍋作ってちょうだいね」

カイトは呆然としてたものの、すぐに回復し、魔女に笑顔を向ける。

「わかりました魔女様! おいしいきじ鍋作りますね!」

カイトが落ちてるきじ肉を集める一方で、オセがため息をつく。

『やっぱあの女、やべえ……』

さて、マリィは毒妖鳥を撃破したあと……。

ワーズ湖のほとりでウキウキ顔で、毒妖鳥の死体を持ってきた。

「さ、カイト。あなたはご飯を作りなさい。早く……きじ鍋を」

マリィは腹が減って仕方なかった。

早くカイトの料理を食べたくてしょうがない。

「ハイ! わかりました!」

カイトは頑張ってくれた魔女のため、おいしい料理を作るんだと強く決意する。

どこでもレストランを発動。

光の扉が開き、カイトはその中へと入る。

「ふぅ……」

「ま、魔女様……！」

振り替えると、ワーズ湖のほとりに住んでいた村人達が、マリィの前でひざまづいていた。

「我らを毒妖鳥の脅威からお助けくださり、ありがとうございます……！」

村人達は口々に感謝を述べていく。

「妖怪を退治してくれただけでなく、湖までも浄化してくださるなんて」

「湖……？」

マリィは単に毒妖鳥を倒しただけのつもりでいた。

しかし……。

『！　おい魔女様見て見ろよ！　湖が、あんなに綺麗になってるぜ！』

汚泥の詰まったようであったワーズ湖は、元の美しい姿を取り戻していた。

毒が無くなっているのは、一目見てわかる。

『だが解せねえ……いつの間に？　毒妖鳥が死んだからか……？』

いや、とオセが直ぐに気づく。

『そうか！　魔女様のやつ、解毒の魔法を逆流させて毒妖鳥を倒した！　その影響が周り……つまり湖にも及ぼされたっつーわけか！』

オセの考察は正しかった。

マリィの魔法力が強すぎたため、解毒の魔法が、毒妖鳥だけでなくその周りにも発動。

結果、ワーズ湖の解毒が完了したというわけだ。

『あー……おれこの流れ、わかるわ。どうなるかわかるわ……さすまじょだろ……』

さすがにこれだけ長く一緒にいるのだから、オセはどうなるかわかった。

そしてその通りとなった。

「さすがです魔女様！」

「勘違いしないでちょうだい、あなたたちのためじゃないわ」

☆

その後、カイトは毒妖鳥を使った料理を作った。

「できました！　きじ鍋です……！」

「でかしたわ、カイト……！」

カイトがどこでもレストランから出てくる。

その手には寸胴鍋が握られていた。

そんなにたくさん作ってきたのか……！　私のために……！

マリィは喜ぶ。

カイトもまたニコニコと笑顔を浮かべていた。

「さ、皆さんで食べましょう！」

「……皆、さん？」

マリィは耳を疑った。

なぜ皆さんとなるのだろうか。

マリィのご飯なのに……。

「みなさん！　魔女様からです！」

「「「魔女様から⁉」」」

いや……。

マリィは別に、カイトにみんなの分まで作れとは、命令してない。

しかし……。

「お腹をすかせた村人さんたちを、放置するなんて魔女様がするわけがありません！」

カイトは勝手に、魔女からみんなの分まで作れ、と命令されたと思い込んだのだ。

彼のなかでは、魔女は素晴らしい人格者なのだ。

腹をすかせた村人達がいる。

そんななか、一人だけご飯を食べる。

そんな、卑しいことはしないと。

『いや、それはちょっと深読みしすぎじゃあないか……？』

「さぁ量はたっぷりあります！　皆さんでいただきましょう！」

オセはマリィを見やる。

彼女は実に複雑そうな顔をしていた。

全部自分で食べるつもりだったのだ。

ご飯を他人に分けたくない。

……だがカイトの機嫌を損ねたくもない。

もう料理を作ってもらえなくなるかもしれないから。……そんなことになったら、死ぬ。

死んでしまう……。

『お、おい魔女様？　あんた泣いてるの……？』

オセに指摘されて、自分が涙してることに気づく。

マリィがめったに感情をあらわにしないので、オセは大変驚いたようだ。

「だってカイトに嫌われたら、もう……あの子の料理が食べられなくなるかもしれないじゃないの……」

『あんた……そんだけのことで泣くのか？』

「そんだけっ？　そんだけって言ったの⁉　あの子の料理の素晴らしさを知らないからそんな馬鹿なことが言えるのね！」

マリィはオセをつかみ、がくがくと揺する。

「いい⁉　あの料理は最高なの！　あれがなくなったら死ぬ、それほどまでにおいしいの！」

『わ、わかった！　わかったってば！　こっちが間違ってたよ！』

マリィがオセをポイ捨てする。オセはため息交じりに言う。

『そんだけあの小僧にご執心なら、機嫌を損ねるようなことはやめといたほうがいいのでは？』

……この悪魔の言う通りだ。

ふぅ……とマリィは息をつく。

「そうねみんなで食べましょ」

まあ、おいしいものが食べられるのなら（今後も食べ続けられるのなら）、それでいいかなと。

マリィは思うのだった。

☆

マリィたちは、ワーズ湖のほとりで、きじ鍋を食べることになった。

カイトの作った寸胴鍋の中身を、村人達が手分けして配る。

そして……一口食べようとしたその時だ。

「だまされちゃいかぁああああああああああああん！」

村人達が集まっているなか、そんな声が周囲に響き渡る。

血だらけになった村人が、はぁはぁ……と肩で息をしながら、近づいてきた。

ただならぬ雰囲気にオセ、そしてカイトが警戒心を強める。

『なんだ？　どうしたんだてめぇ……？』

「この中に、呪術王の手先が紛れ込んでおる！」

『！　なんだと⁉』

動揺が波紋のように広がっていく。

血だらけの村人に、カイトが駆け寄ろうとする。

オセはそれを引き留めようとするが、、その制止を無視して走り出した。

「大丈夫ですかっ？」

カイトは弱き者をほっとけない性格をしている。

傷だらけの村人がこくんとうなずく。

「わしは大丈夫じゃ……しかしわしは見たのじゃ。妖怪が変化して、村人に変わることに！」

村人達、そしてオセやカイトたちにも動揺が走る。

妖怪が人間の振りをして潜伏している……。

「誰が妖怪なんだ？」「おまえだろ？」

「いいやおまえだ……！」

犯人捜しが始まるなか、マリィは一人……。

「ずずぅ……うーん。あっさりしてておいしいわね」

『ちょ、魔女様よ！　なにのんきにメシなんぞ食ってるんだ！　この中に裏切り者がいるんだぞ？』

オセからの言葉に、しかしマリィが慌てた様子もない。

「簡単よ。探し出すのなんて」

「そんな……どうやって……？」

マリィは一計を案じる。

右手に魔法陣を出現させる。

『なんだその魔法陣は？　なんの魔法？』

「私が作った、オリジナル魔法よ」

『！　オリジナル魔法……だって⁉』

魔法の作成には膨大な時間と労力が必要となる。

しかしこの魔女は、さくっと新しい魔法陣を完成させたのだ。

『いったいどんな魔法なんだ？』

「呪詛返し」

『じゅそ……かえし？』

ええ、とマリィがうなずく。

村人達に、聞こえるよう、マリィが大声で言う。

「妖怪どもは魔法の代わりに、呪いを使ってくることが戦いを通して判明したわ」

ワーズ湖を汚したのも、毒妖鳥の呪毒（呪い）であった。

魔法とは違ったロジックの、呪い。

「呪詛返しは、呪いを使う人間を対象に、呪いを逆に跳ね返す魔法ってとこね」

なんでこんな大声で言うのだろうか。

オセは、しかし直ぐに気づいた。

『つまり……呪いを使う妖怪にだけ、効く魔法ってことか⁉』

オセもまた声を張り上げる。

さぁ……と青ざめた顔のやつを、見かける。

「じゃあ発動するわ！　せーの！」

バッ……！　と数人の村人が逃げていく。

「オセ」

『あいよ。麻痺毒』

オセが作り出した毒が、周囲に広がる。

どさりと村人達が倒れる。

「見事に引っかかってくれたわね」

『ちくしょう！　罠だったんだな！』

妖怪にだけ効く魔法ができた。

マリィが言えば真実味がます。

人間に化けていようが本質は妖怪の彼らは、我が身かわいさに逃げ出すのだと……。

マリィは踏んだのだ。

『ありえん！　九尾の変身を見抜くなど！』

「九尾？」

すると倒れている二人の人間の顔が、ぐにゃりと変化する。

一匹は、はげ頭の老人。

もう一匹には九つの尾を持つ、狐の獣人。

『てめらも妖怪か？』

オセが警戒心を強めていう。

カイトは直ぐに、周りの人たちを避難させる。

『その通り、わしは呪術王四天王、ぬらりひょん！』

『そしてわらわは四天王、九尾の狐！』

そう、四天王が変装して、不意打ちをしかけてきたのだった。

『ふん。四天王のくせに随分と卑怯な手ぇ使うじゃねえか。しかも、作戦失敗とかダサいことこのうえないなぁ』

オセの挑発に、妖怪たちは顔を真っ赤にする。

本来ならば、不意打ちで確実に魔女を仕留めるところだったのだ。

『悪いな。うちの魔女は規格外でよ』

『だまれ！　こうなったら……強硬手段だ！』

倒れ伏した状態で、ぬらりひょんが柏手を打つ。

その瞬間、彼の体から、ものすごい数の妖怪が生み出される。

『うぉ！　なんだ⁉』

『わしはぬらりひょん！　その能力は百鬼夜行！　妖怪を作り出す能力よ！』

大量の妖怪たちによって、周囲が埋め尽くされる。
しかしオセは焦ることはしない。
『馬鹿だなおまえ』
『なんだと!?』
ボッ……！　と無数に居た妖怪たちが、一瞬にして灰へと変わる。
『あの魔女が一番嫌がること教えてやるよ。食事の邪魔されることだ』
マリィはきじ鍋に舌鼓を打ちながら、右手をこちらに向けていた。
無詠唱で放った魔法により、雑魚妖怪どもが一瞬で消し飛ばされたのだ。
『ば、馬鹿な……無詠唱で極大魔法だと……？』
するとマリィは不思議そうな顔でいう。
「ただの火球《ファイアー・ボール》だけど？」
最高位の極大魔法ではなく、下位の魔法、しかも無詠唱であの威力……。
『ば、化け物だ……』
驚愕するぬらりひょんをよそに、マリィはきじ鍋に舌鼓を打っている。
「ふぅ……キジ肉って初めてだけど、結構あっさりしてておいしいわ」
ずずぅ……と汁と一緒にキジ肉を食べる。
鶏のように脂はのってないのだが、もちもちとした食感。
癖のない味に、あきないようにとゆずの風味がプラスされている。

ほくほくの肉と一緒に白菜やネギと一緒に食べると、食感もプラスしてグッド。

「ふぅ……素敵……」

『ぬ、ぬし……我らを無視してるのか？』

ぬらりひょんを一瞥する。

だがマリィの目には、彼らに対する興味の色がみじんもなかった。

「さっさと帰ったら？　死にたくなかったら」

『小娘が！　調子にのりよってぇえ！』

ぬらりひょんが右手を前にさしだす。

先ほどよりも大量の妖怪が、勢いよく噴出した。

波頭のごとく押し寄せる妖怪立ちの群れ。

しかしマリィは優雅に食事をする。

そう、食事をしてる、ただそれだけだ。だというのに……。

びょぉおお！　と突如として妖怪立ちの足下から竜巻が出現して、彼らをズタズタに引き裂いて見せたのである。

『な、なんじゃこれは⁉』

『あれは遅延魔法《ディレイ・マジック》だ』

『遅延魔法だと⁉　馬鹿な……！　発動を遅らせる、トラップをしかける技術！　そんなテクニカルな魔法を、あの女が使えるというのか⁉』

オセがにやりと笑う。

『残念だったな、妖怪。あいつは……バケモンだ』

遅延魔法が発動する。

あらかじめセットして置いた、風の刃が乱舞する。

風裂刃《ウィンド・ストーム》。

周囲に居た妖怪どもがものすごい勢いで数を減らしていく。

マリィは食事を終える。

その間にぬらりひょんが妖怪を作り、攻撃したのだが……。

『まるで歯が立たなかった……だと……？』

マリィがあらかじめ用意しておいた、遅延魔法によって攻撃をガードされていた。

マリィは立ち上がって、びしっと指を突きつける。

「あなたのタネは割れてるわ。手数で押すタイプ。でも残念ね」

腹をさすりながら言う。

「片手間の私で勝てないんじゃ……食事を終えた私には勝てないわよ」

確かにマリィは新しい魔法を使っていない。

彼女はあらかじめ仕込んで置いた魔法だけで対処した。

それはすなわち、ぬらりひょんの攻撃に有効な攻撃ではない、かつ数も限られた状態だったということ。

「手の内はわかった。癖もね。それでも……まだやるのかしら？」
その目は完全に、ぬらりひょんを見下していた。
いや、違う。
遥かなる高みから、見下ろしているのだ。
地を這いつくばる、アリを。
圧倒的な力を持つが故の、余裕。
つつぅ……と脂汗が額を流れる。
勝てない。
ぬらりひょんは警鐘を鳴らす。
それでも……。
『小娘ごときに嘗められてたまるかぁあああああああ！』
ぬらりひょんは両手を前に突き出し、全力で、妖怪を生み出す。
雑魚妖怪の群れが、大津波のごとく押し寄せる。
マリィは接骨木の神杖を、取り出さなかった。
多重展開（複数の魔法を同時に展開する）を、使わない。
「火炎連弾」
中級の火属性魔法。
炎の大きな玉から……無数の弾丸が射出される。

ズガガガガガ……！！！！！！

弾丸一発の威力で雑魚一匹を倒す。

こちらもまた津波のごとく、炎の弾丸を射出した。

妖怪は完全に、押し戻される。

あっという間に数を減らされて……。

最後には弾丸の豪雨をその身に浴び……。

ぬらりひょんは塵となって消えたのだった。

だがマリィの表情は暗い。

「魔女様！　大丈夫ですか、おけがは⁉」

『あー、小僧。大丈夫だから。こいつ、倒したけど食べれなかった……って残念がってるだけだから』

マリィにとって戦いとは食材を手に入れる行為なのだ。

ぬらりひょんから食材がゲットできなかったので、がっかりしている。

「でも……狐はおいしいかもね」

水の魔法を使って、逃げようとしてる九尾の狐を捕縛。

【水鎖《アクア・ジェイル》】

水でできた鎖は狐の手足を縛り、動けなくする。

はずそうと思っても水で実態がないのでつかめない。

だが逃げることができない。

『助けて！　命だけはどうか!!』

九尾はすっかりおびえていた。

天狗たち四天王を、容易く次々と討伐して見せた魔女なのだ。

そうなってしかたない。

「狐……きつねうどんって作れる？」

マリィはもう完全に食べる気でいた。

「作れますけど……きつねうどんに狐は使いません」

「あらそ」

途端に興味を失うマリィ。

一方、オセは九尾を見下ろしながら言う。

『魔女様よ。こいつに戦闘能力は皆無だ。生かして捕縛し、呪術王のとこへ案内させたほうがいいんじゃね？』

「それもそうね。生きたガイドは欲しかったところだし」

マリィは動けない九尾に言う。

「ということで、あなたは道案内係に任命されたわ。ついてらっしゃい」

足の捕縛だけを解除された。

逃げようと思えば逃げられる状況。

しかし、そうなったら命は無いことくらい、今までの戦闘を見れば一目瞭然。

九尾は逃げることができず、渋々と命令に従うのだった。

☆

マリィは四天王のぬらりひょんを討伐し、さらに残りの四天王、九尾を捕まえた。

九尾に道案内をさせるマリィ。

「魔女様、このかわいらしい子狐はどなたですか？」

ケモミミ料理人、カイトの膝の上には、白い狐が座っていた。

九つの尾を持つ狐である。

「九尾よ」

「ええ⁉　で、でも……九尾はなんか綺麗なお姉さんだったような」

「私が呪術で、この姿に変えたのよ」

「呪術！　魔女様、呪術なんて使えたのですか⁉」

「いいえ。でも、できるようになったのよ」

たくさんの妖怪と戦ったことで、呪術をマスターしていたのだ。

『しかもこの女の呪術……わらわの力を抑えるほどの、強力な術や。おかしいで……』

「あら、間違ってたかしら？」

『そういう意味のおかしいちゃうわ！　威力が異常だって言うてるの！』

九尾がきーきーと吠える。

『呪術は修得に長い長い時間がかかるんや。それをこの女は、独学で修得して見せた……これは、ヤバすぎるで』

『わかるぜ九尾。こいつはヤバい』

黒猫のオセが、うんうんと同意したようにうなずく。

カイトは小動物にかこまれて、ニコニコしていた。

「なんだか賑やかになりましたね！」

「うるさいのは嫌いよ。そこの狐は、用が済んだら鍋にして食べるから」

『ひぃい！　うちは食べんといてーや！！！』

八章

マリィは九尾を下僕にして、ひたすらに北上した。
ワーズ湖を乗り越えて、平地をぐんぐんと登っていく。
シナノの領地は山に囲まれた盆地だった。
途中でいくつも山や森を抜けて……。
『こ、ここよ。呪術王様のいらっしゃる、場所』
ついにマリィたちは、一つの街へとたどり着いた。
ここもよそと一緒で盆地ではあるのだが、かなりの広さを誇っている。
……そして。
「あまり長居したくないわね」
街が瘴気で満ちている。
正直ここに数時間もいたら、具合を悪くすること請け合いだ。
『妖怪どもの気配であふれてやがるなこりゃ』
『呪術王様から作られし妖怪が、あのおかたをお守りしてるやからね』
奇妙な化け物どもが街を徘徊してる。

九尾の言うとおりだとすれば、目に見えているものすべてが敵だということである。

「どれもおいしそうじゃ無いわ」

『この期に及んで食うことばかり……はあもういいや。さくっと倒してしまおうぜ』

ええ、とマリィがうなずく。

そして……カイトを見やる。

「どうしました、魔女様？」

「………」

少し考えて、オセを持ち上げる。

そして、ひょいっ、とオセをカイトに投げつけた。

『なにすんだよ』

「猫。あんたはカイトを守りなさい。カイト、あなたはここで待ってるの」

「！　そ、そんな……どうして……」

マリィは多くを語らず、九尾をつれて街へと降りていく。

気落ちするカイトに、オセが声をかける。

『魔女様は、おまえの身を案じてんだろ』

「うう……ぼくを守るために……！」

まあおそらくは、カイトがいなくなったら、おいしいご飯が食べられなくなるから……だろうけども。

と、オセは思い、実際にその通りであるのだった。

☆

マリィたちは呪術王の拠点としてる、大都市へとやってきた。

カイトと別れ、九尾の狐だけを連れて、街の中に入るマリィ。

周囲には無数の妖怪たちが跋扈《ばっこ》してる。

しかし誰も、侵入者であるマリィに気づかない。

『ど、どうなってるんや……？』

「認識を阻害する呪術を使ってるからね」

周りには、黒い靄が発生し、マリィを包んでいた。

『結界術やないかい！　しかも高度な認識阻害の呪いが付与された結界……』

「意外と便利ね、呪《まじな》いって」

魔法はどちらかというと、外に対して作用するもの（攻撃など）が多い。

呪いは、こうして、うちに対して効果を発揮するものがおおいようだ。

『結界術を習ったわけやないのにマスターするなんて、あんたやっぱおかしいで』

「おかしい？　弱いってこと？」

『規格外って意味や！　ったく……』

てくてくとマリィは街のなかを歩いて行く。

「ねえ、暇なんだけど。なにかしゃべって」

『無茶振り……ったく。そうやな……あんた、呪術王様が、なんでこの世界に来たのか知ってるか?』

「知らないわ。この世界?」

『呪術王……アベノハルアキラ様は、ここことは違う、別の世界出身なんや』

マリィは九尾から、呪術王の出自を聞く。

地球とよばれる別の世界にある星から、彼は世界を渡ってここにきたらしい。

「へえ……世界。どうやって?」

『世界扉《ワールドドア》っちゅー、特殊な術があるんや』

「ふーん……世界扉ね。文字通り世界を行き来する扉ってこと」

『せや。呪術王様はそれが使えた。もっとも、ご本人様曰く、不完全らしく、一生に一度しか使えない欠陥術式らしかったんやけども』

マリィは小首をかしげる。

「なんでわざわざ異世界に来たの? 元の世界にいればいいのに」

『……より強い術者を求めてな』

「術者?」

『呪術師のことや』

「どうして強い相手を求めるの？」

九尾は声のトーンを落としていう。

『……お母様を、復活させるための、術を開発するためや』

曰く。

アベノハルアキラには、母がいたらしい。

だがその母は人間達によって殺されたという。

呪術王は死んだ母を生き返らせるため、術を極めようとした。

『術者としてのレベルをあげるため、呪術王様は戦いまくった。けど、ある時成長が止まってしもうたんや』

「どうして？」

『自分より強いもんが、おらんくなってしもうてな』

強い敵と戦った経験が、強さに変わる。

自分より弱い物を倒しても強くなれない、という理屈らしい。

「だから、強いやつを求めて異世界に？」

『そーゆーこっちゃ』

「ふーん……いちおう、敵にも理由があったのね」

まあ、マリィにとってはどうでもいいことだ。

すると九尾は言いにくそうにしながらも、意を決したように言う。

『なあ魔女さん。お願いがあるんや』

「なに？」

立ち止まって、マリィは九尾を見やる。

彼女はいたく真剣な表情で言う。

『呪術王様と戦うの……やめてくれへんか？』

マリィは九尾に耳を貸す。

『呪術王様は、母親復活のため強くなろうとしてる』

術師として強くなれば、反魂の術と呼ばれる、特別な術が使えるようになるらしい。

「はんごんの、じゅつ……？」

『死者をよみがえらせる術のことや。呪術王様は、それを修得したいと思ってはる……やけど王が死んでしもうたら意味があらへん』

……どうやら九尾は。

「私が呪術王に勝つと？」

『……わからへん。でも、あんたと呪術王様は、かなり力が拮抗してる。バチバチにぶつかり合ったら、お互い深手を負うやろうな』

マリィは自分の強さに一切興味が無い。

なんとなく周りがもてはやすので、強いのかな？

くらいの認識である。

『呪術王様は、いずれ反魂の術を身につける。今化け物と戦って、急いで身につける必要あらへんと思ってる』

「…………？」

化け物？

どこ……と首を振る。

九尾はあきれたようにため息をついて言う。

『頼む。帰ってくれへんか？　別にあんたは、ここの出身でもないんやろ？』

マリィは西にある大陸から、海を渡って極東へとやってきた。

確かに九尾の言う通り、この果ての島国に思い入れなど皆無である。

『なら、ほっといてや。あの人が使命を達成するの、邪魔せんといて』

「…………」

呪術王を思っての発言だろう。

マリィの不興を買えば、狐料理にされるとわかっていて。

なお……仕えるべき主人のために、こうしてマリィに説得を試みているのだ。

「…………」

九尾はおびえていた。

それはそうだ。四天王を軽く葬り去る女がいるのだ。

……力を知ってなお、たてついてくる。

死ぬ覚悟ができているのだろう。

……マリィは、尋ねる。

「じゃあ、あなたは呪術王を説得できる？」

『え……？』

「私はお寿司が食べられればそれでいい」

『す、すし……』

「そう。もう呪術王に、極東に被害を出すなと約束させられるんだったら、私だって無益な殺生をするつもりはないわ」

九尾の表情が晴れやかなものになる。

『わかった！　うちが説得して見せる！』

まあ、良いか。

別に強さとか、討伐して何か手に入れたいとか、そういうのはないし。

おいしい寿司がたべられるのであれば、戦闘はスキップしてもいい。

……だが。

ザシュッ……！

『が……はぁ……！』

九尾の腹部を、何かが貫いていた。

それは人の手だった。

「水を差すようなマネをするな、九尾」

マリィは振り返る。

認識阻害の結界を突き破り、現れたのは……。

一人の、美青年だった。

『じゅ……じゅじゅつおう……さま……』

そこに居たのは、呪術王、アベノハルアキラ。

彼は邪悪な笑みを浮かべながら、言う。

「おれは強い敵と戦いたいんだ。興ざめするようなことするな、阿呆めが」

☆

領地シナノの、北部にある大都市。

廃墟となった街のなかで、マリィは呪術王と相対した。

『じゅ、じゅじゅつおう……さま……なん……で……』

九尾の腹部に、腕が貫通してる。

マリィが振り返ると、そこには黒髪の少年がいた。

白い着物をラフに羽織っている。

鋭い目つきは猛禽類のようだ。

彼は口の端をつり上げて邪悪な笑みを浮かべている。

その赤い瞳が、九尾に向けられる。

「おれの邪魔をしたからだ」

その瞳には明確な怒りが見て取れた。

呪術王……アベノハルアキラが腕を抜く。

大けがを負った九尾が、地面にどちゃりと倒れた。

それを虫けらのように見下しながら、呪術王が言う。

「おれは強い敵と戦いたいのだ。それを貴様は邪魔をしたのだ」

『で……も……呪術王様は……強くなって……御母堂さまを……復活……』

ぐしゃり、呪術王が、九尾を踏み潰す。

その瞳には何の感慨もなかった。

ただ、虫がいたから殺した。それだけのようだ。

「おれが望むのは強者との殺し合い。それだけだ。それ以外どうでもいい」

……なんとも自己中心的な男だ。

マリィは思った。

どこか、自分に似てる気がすると。

「魔女よ、待ちわびていたぞ」

九尾に向けていた表情から一転する。

にいぃ……と実に楽しそうに、呪術王が笑った。

「四天王を屠《ほふ》り、呪術を独学で身に付けるほどの、術者としての才がある。おまえを殺すのを、心待ちにしていた」

「ふぅん……」

マリィは、ぼろぞうきんのように転がされてる、九尾に……。

治癒の術を施した。

「ほぅ、呪禁《じゅごん》ではないか！」

呪禁。それは、呪いの術のひとつ。

相手の傷を癒す呪いだ。

妖怪には、光魔法（治癒魔法）が効かないと考え、呪禁を使用したのである。

「まさか呪術のイロハを知らぬおまえが、呪術の奥義の一つを身に付けるとは！　これは、殺しがいがありそうだ」

「あ、そう」

九尾の傷は、完全には治っていない。

まだ呪禁を完全にマスターしたわけではないのだ。

「あなたが呪術王ね」

「いかにも。名前はアベノハルアキラという。貴様は？」

「マリィよ」

「そうかマリィ。覚えておこう」

ごぅ……！　と呪術王の身体からプレッシャーが放たれる。

空気をふるわせ、そして周りに居る妖怪たちを恐怖し、その場で気絶させるほどの強烈なオーラを放つ。

「久方ぶりに、楽しい殺し合いになりそうだ」

一方でマリィは、静かに魔力を練り上げる。

「気が合いそうにないわね。食のない戦いなんて、楽しくなんて一ミリもないのに」

呪術王がマリィに、一瞬で接近する。

瞬きする暇のあたえない、超高速の移動。

マリィは冷静に転移魔法を使って、呪術王の拳を回避する。

足下には遅延魔法を使いトラップを張っていた。

風刃を含めた、初級魔法を無数に浴びせる。

「は……！」

呪術王はギラリと凶暴な笑みを浮かべると、素手でその全てを打ち落とす。

「…………」

マリィは呪術王の手を凝視する。

だが特別な何かが付与されているようには見えない。

完全なる、素手で、魔法を打ち砕いてみせたのだ。

「こんなもんではないだろう、魔女？　あの杖を使わないのか？」

「そちらがこっちの手の内を知ってるのだから、こっちも許らせてもらうわよ」

マリィは無詠唱で、極大魔法、颶風真空刃を放つ。

巨大な竜巻が呪術王をまるごと包み込む。

風の渦の中に、無数の真空の刃が見て取れる。

いかに呪術王が、すでで魔法を打ち砕く存在だろうと、これだけ四方八方から、極大の魔法をたたき込まれれば……。

「いいぞ、魔女！」

ばきん！　という音とともに、竜巻が破壊される。

呪術王の身体には無数の切り傷ができており、そこから大量に出血していた。

しかし一瞬で傷が治る。

「呪禁《じゅごん》……ね」

「その通り！」

呪術王は、文字通り呪術を極めた存在なのだろう。

マリィがまだ解明できていない呪いを使っている。

呪いで身体を強化したり、魔法を打ち砕くなど。

マリィも時間をかければできるようになるかもしれない……だが。

呪術において、アベノハルアキラのほうがマリィよりも、一日の長がある。

「厄介ね」

「こんなもんじゃないだろ、なあ、魔女よ」

本気の殺し合いをしているというのに、呪術王は実に、実に、楽しそうだ。

マリィの必殺の魔法を受けてなお、笑みを浮かべている。

戦いを楽しんでいる。

「……理解不能ね」

マリィとアベノハルアキラ。

二人はエゴイストという点、そして強いという点で似ている。

しかし決定的に違うのは、戦いを楽しんでいるか、否か。

マリィにとって戦いとは煩わしいもの。

一方で呪術王は、戦うこと自体を楽しんでいる節がある。

元は、母を復活させるため、術を磨くために、戦いをしていたというのに……。

今や、戦うこと自体が目的となっている。

「さぁまだだ。もっと魅せろ、魔女」

「ふぅ……」

マリィはけだるげに息をつくと、接骨木の神杖を取り出す。

☆

魔女マリィと呪術王との戦闘が繰り広げられてる……。
町外れから、ケモミミ料理人カイトはその様子をうかがっていた。
だが……。
「やっぱり……ぼく、まってられません！」
『おいばか！　行くなって！』
カイトはマリィのもとへかける。
黒猫の悪魔オセは、カイトの頭の上に乗っかって、止めようとする。
『いっても邪魔になるだけだ！』
「それでも……！　敵の隙を作るくらいはできます！」
『ああもう！　ばかやめろって！』
正義の味方マリィが、悪の権化である呪術王と戦っている（カイト視点）。
でも相手は強力だ。
負けてしまうかも知れない。
加勢しなきゃ……とカイトはマリィのもとへ向かう。
一方でオセは……。

『小僧、おまえはただの獣人だ。特別な能力を持ってないし、魔法も使えない』

獣人は人間と比べて頑丈ではあるものの、人間を含めたどの種族より、魔力保有量で劣る。

魔法は使えないし、特殊なスキルを覚えているものもまれだ。

『断言する。おまえが行っても百パーセント、足手まといにしかならん。おとなしく待っとけ！』

「でも！」

『ったく！　麻痺毒』

「ガッ……！」

オセが麻痺の毒を使って、カイトを止める。

「どう……して邪魔するの……？」

オセは、旅の仲間であるカイトに対して、情が移ってしまっている。

非力なこの少年が挑んで、死んでしまうのは目に見えているのだ。

死なせたくない。

しかし……。

『ここでおまえを止めなかったら、あのエゴイスト魔女に殺されちまうからよ』

と、ついそう言ってしまう。

「でも……ぼくは……魔女様が心配です……」

はぁ……とオセはため息をつく。

本当は、マリィのことも好きでもなんでもない……。

が。
『したかねえ。おれが見てくる』
「オセ様が……？」
『ああ』
しゅるり、とオセがカイトのまぶたのうえを、尻尾でなでる。
その瞬間、カイトの目が開くなる。
『一時的に契約を結んだ。おまえはおれと視界を共有する。そこでおとなしくしてな』
たっ……とオセがその場から走って、マリィのもとへ向かう。
獣人より、悪魔の方が遥かに強い。
加勢するつもりはないが、マリィの足手まといになることはないだろう。
『ったくよぉ……なにしてんだよおれ……』
オセはマリィの魔力を探知して、彼女の居場所へと向かう。
だが……そこで見たのは……。
『なんだと⁉』
マリィの腹部に……呪術王の腕が、突き刺さっていた現場だった。

☆

呪術王の攻撃が、マリィの腹部を貫通した……。

『魔女様……！！！』

オセが飛び込んで来る。

毒の霧を発生させ、呪術王に噴射。

「ちっ……煙幕か……！」

マリィはその隙に、風刃で呪術王の腕を切断すると……。

飛翔の魔法でその場から距離を取る。

『おい大丈夫なのかよ!?』

オセはマリィの肩に乗って慌てて尋ねる。

この魔女が攻撃を受ける場面なんて、初めて見た。

「問題ないわ」

マリィは口から吹き出した血をぬぐって、呪術王の腕を引き抜く。

すぐさま治癒の魔法で、傷口を治した。

マリィが無事で安堵する一方で、マリィにダメージを負わせた呪術王にたいして、戦慄を覚える。

『無敵の魔女に攻撃を食らわせるなんて……』

「なかなかやるわよ、あいつ」

すぐに呪術王は解毒し、にぃ……と笑う。

「そうだよな。それくらいで死んでもらっても困るよなァ……！」

呪術王が凄まじい速さで接近する。

マリィは接骨木の神杖で、魔法を多重展開。

それを素手でぶち破りながら呪術王が接近。

「ふん！」

腹部に向かって貫手を放ってきた。

マリィは防ぐのでは無く、体をねじってそれを避ける。

「らぁ……！」

避けたと思ったら、呪術王が蹴りを食らわせてきた。

マリィの顔面に蹴りが当たって、すっ飛んでいく。

『魔女様！』

マリィが吹っ飛ばされると同時に、オセもまた慣性で飛んでいく。

「魔女よ。貴様の魔法の腕は素晴らしい。賞賛に値する……が」

呪術王は落胆の息をつく。

「貴様は、フィジカルが弱すぎる」

そう、呪術王の膂力《りょりょく》と、マリィの魔法は拮抗してる。

しかし呪術王のほうが勝っている部分がある。

体術だ。

マリィは物理攻撃の手段をほとんど持たない。

一方で、呪術王は己の体を武器として鍛えている。

頑強な体に、数え切れないほどの強敵と拳を交えて磨き上げてきた、体術がある。

いかにパワーが拮抗していようと、体術の差で負けてしまう。

「身体強化の術はあるのだろうが、まあ使ったところでか」

呪術王が近づいてくる。

マリィは感情を表に出さない……が。

ぎゅっ、と杖を握る手に力がこもった。

一方でオセが毒霧を吐いて、煙幕を作る。

『逃げろ、魔女様！』

「余計なマネをするな」

呪術王は恐ろしい速さで拳を振る。

毒霧が一瞬で晴れてしまう。

邪魔者であるオセを蹴飛ばすと……。

「さ、殺し合いの続きといこうか」

タンッ……！　と地面を蹴って呪術王が接近する。

マリィは結界を展開するが……。

「洒落臭いな」

呪術王は結界を、すり抜けてきた。

結界が拳を弾くことなく……。

「ふんっ！」

「ガッ……！」

呪術王の拳を杖でガードしようとしたが、杖を粉砕し、マリィの体にダメージを負わせる。

彼女はすごい勢いで吹っ飛ばされていく。

建物に激突しようとした、まさにその瞬間だった。

「魔女様！」

誰かが後ろから抱きしめてくれた。

だがそれくらいで勢いは止まらず、二人して壁に激突。

「っつ……カイト！！！」

自分と建物の間に挟まっていたのは、ケモミミ料理人のカイト。

彼がクッションとなってくれたおかげで、大けがを負わずに済んだ。

だが、カイトはというと……。

「え、へへ……魔女様の、お役に……立てましたか……？」

今の衝撃で、大ダメージを負っていた。

腕が変な方向に曲がっているし、口から血を吐き出している。

げほげほっ！　と咳《せ》き込むたび血が吹き出る。

折れた骨が内臓を傷つけているのだろう。

「良かった……無事で……」

「カイト！　いや、いやよ！　死んではいや！」

「だい……じょうっぶ。料理人は……たくさんいます……ぼくの、代わりは……見付かる……」

ふるふる、とマリィは首を強く横に振る。

「あなたの代わりはいない！！！！　私のわがままに完璧に応えてくれて、おいしい料理を作ってくれる人なんて！　世界にただ一人あなたしか！」

マリィは、この時初めて……。

自分のこと以外に、力を使う。

治癒の魔法を、カイトに施そうとした……その時だ。

カッ……！　とカイトの体が、光り輝きだしたのである。

「私の魔力を喰らって、変身しようとしてる……？　これは……」

そこに居たのは……。

巨大な、狼だった。

美しい毛並みをもち、神々しい光を放っている……。

「まさか……神狼フェンリル……？　カイト……あなた、フェンリルだったの……？」

しかしフェンリルは応えない。

その目は血のように赤くなっており、理性を感じられない。

「目障りだ、犬。消えろ」

呪術王が一瞬で接近すると、思い切りフェンリルの胴体をぶん殴る。

恐ろしい速度で飛んでいくフェンリル。

「ふん……他愛ない」

しかし次の一瞬でフェンリルがマリィのもとへ転移。

「なに？」

そして呪術王の腕を噛みちぎって見せたのだ。

これには呪術王も目を剥いているようだ。

すぐさま反魂の術で腕を再生させようとするも……。

フェンリルは凄まじい速さで接近して、呪術王の体に噛みつく。

「はは！　なるほど……フィジカルが強化されてるということだな！」

呪術王は後ろへとフェンリルを投げ飛ばす。

その隙に、マリィは火球を放つ。

魔法は呪術王の体に直撃を喰らわせた。

一瞬できた隙に、フェンリルがまたも一瞬で移動し、呪術王に体当たりを喰らわせる。

「く……くく……！　くははは！」

マリィとフェンリルによる連携で、圧倒的に不利な立場に居るというのにも関わらず、彼は笑っていた。

「素晴らしいぞ！　そうだ、これこそおれが望んだもの！　命のやりとり！」

ぼう……と呪術王の両手に黒い炎が浮かび上がる。

「………」

その力の正体にマリィは気づいた。

おぞましい、死の気配を炎から感じる。

「気づいたようだな。ご明察、この炎は触れると即死の炎。さぁどうする魔女よ！」

たんっ！　と呪術王が地面を蹴ってマリィに接近。

だがフェンリルがマリィの盾となる。

どすっ！　と拳がフェンリルの体を貫く。

と、同時にフェンリルが燃え上がり、その場で崩れ落ちる。

……だが。

一瞬でフェンリルが復活して、大顎を開くと、呪術王の左腕を噛みちぎった。

「はは！　あはははは！　そうか、死んだ瞬間、反魂の術をかけたのか！！！」

究極の回復の呪術、反魂の術。

マリィはすでにそれをマスターしていた。

そして……。

「くく……くははは！　そして黒炎まで修得するとはな！」

呪術王が使って見せた、死の炎。

マリィは見ただけでコピーし、フェンリルの牙に付与していたのだ。

呪術王は死ぬ直前に反魂の術で回復して見せたのである。

「面白い！　面白いぞ！　魔女ぉ！」

マリィはフェンリルとなったカイトとともに、呪術王と激戦を繰り広げている。

彼女たちの物理、魔法攻撃で、シナノの首都は壊滅状態になっていく。

フェンリルの突進が呪術王に決まる。

呪術王は凄まじい勢いで吹っ飛んでいく。

建物をいくつも貫通しながら飛んで行くも……。

「まずいわね」

マリィは一人つぶやく。

『どうしたんだよ、まずいって……？』

彼女の肩には黒猫オセがぶら下がっている。

フェンリルが呪術王へ追撃へ走っている。

その姿を見、確信を持って言う。

「このままじゃじり貧だわ」

『押せ押せじゃないか？』

「いいえ。相手もこっちも、回復手段を持っている。即死の技を食らわせても、復活するほどのね」

反魂の術は強力だ。

即死の黒い炎を受けても、復活してみせる。

「この術には、魔力とは別の力を使うみたい。この力は、私の中では限られた量しかないわ。でも……」

『呪術王はちげえってわけか』

魔力と同様、呪術に使われる力は、使えば使うほど伸びるようだとマリィは直感した。

だからこそ、自分に不利になってしまう。

マリィはいくら天才だからといって、まだ呪術を使い出したばかりだ。

総量で言えば、遥かに劣る。

「いずれ反魂の術が使えなくなる」

『魔法で回復を補えばいいんじゃないか？』

「反魂の術の方が、スピーディよ」

『なるほど……スピード勝負で負けちまう訳か』

いずれにしろ、このまま五分の戦いを繰り広げていても、いずれ力が枯渇して負けてしまう。

「策を講じるわ。力を貸しなさい」

『…………』

オセが、本当にびっくりしたように、目をまん丸に剥いていた。

今までこのエゴイスト魔女が、料理以外で誰かを頼る姿なんて見たことなかったから。

特に……自分は元々敵だった。

でも……今は、力を貸してくれと言ってくる。

信頼、してくれている。
仲間として。
『ふふ、はは！　オッケー。力貸すよ。仲間だもんな』
ぷいっ、と魔女がそっぽを向く。
オセは嬉しそうに笑った。
人間の友達なんて、生まれて初めてできた。
悪くないな……とオセは思った。
『で、どういう策なんだよ？』
ちら、とマリィは……視界の端にうつる【それ】を見る。
「あれを使うわ」
『ああ？　でも、あいつは死んだんじゃ……』
「瀕死だけど生きてるわ。あなたはあいつを起こしてちょうだい。そして作戦は……」
ぼそぼそ、とオセに耳打ちをする。
にや……と悪魔が微笑む。
『性格悪いなあんた』
フッ……と魔女が不敵に笑う。
「ええ、世界一のエゴイストだもの」

☆

呪術王とマリィの戦いは続く。

フェンリルをぶっ飛ばし、呪術王は高笑いする。

「ははは！　いいぞ犬！　もっとだ！　もっとかかってこい！」

フェンリルのフィジカルは呪術王に勝るとも劣らない。

だが所詮は物理攻撃しかできない犬。

フェンリルが体当たりを加え、呪術王の体にダメージを与える。

だが彼は即座に、反魂の術で回復してみせる。

「ふん！」

ばごん！　と呪術王がカイトを殴り飛ばす。

地面にたたきつけられるカイト。

「所詮体力だけ。貴様は恐くもなんともない」

呪術王の体が回復する。

彼が身につけたのは、超高速の反魂の術。

ダメージを負った瞬間オートで回復する術だ。

……そう、彼が極めたのは、反魂の術。

……なぜその術を極めたのか。

今の呪術王は、覚えていない。

彼が強くなろうとした動機を、彼は忘れてしまっているのだ。

「カイト！」

マリィが、カイトに心配そうに近づいてきて、回復を施す。

……それに呪術王は、少なからず違和感を覚えた。

「あの女が、犬を心配するだと……？」

どうにも解せない。

だが、敵はどう見ても、今まで戦ってきた魔女だ。

だが、まあいい。

そっちから接近してくれたのなら、好都合だ。

呪術王はカイトたちのもとへ接近。

カイトはマリィを守るように立ち塞がるも……。

「邪魔だ」

どがん！　とカイトが蹴飛ばされる。

「カイト……！」

がしっ、と呪術王はマリィの首をつかんで、持ち上げた。

「ようやく、詰みだな」

しかし……違和感。

そう、おかしい。あの女を、こんなにあっさり捕まえられるだろうか。

「いいえ、呪術王様。あなたの負けです」

「なに⁉」

どろり……とマリィの顔が崩れる。

そこに居たのは……。

「九尾！」

そう、呪術王の部下、九尾の狐だ。

彼女は変身能力を持っている。

マリィに変身していたのだ。

「くそ！」

だが逃げようとしても、呪術王は体が動かないことに気づいた。

「これは……毒！」

『そうさ、悪魔特製の毒だぜ！』

カイトの体にこっそり隠れていた、黒猫のオセが顔を覗かせる。

呪術王が蹴飛ばした瞬間、麻痺毒を打ち込んでいたのだ。

マリィに化けた九尾が、しゃがみ込んで治療していたのは、オセを忍ばせるためだ。

では……なんのために？

「王手よ、呪術王」

振り返ると、そこにはマリィがいた。

呪術士の肩を後ろから叩いている。

「しま……」

「神域……解放！」

マリィが叫ぶ。

神域……。

それは、マリィが持つ、秘奥義だ。

呪術王は知らない。

魔女が、どこまで魔法を極めたかを。

彼女は、人の身でありながら、どこまで到達したのかを。

「思い知るが良いわ」

その瞬間、マリィの体から無数の蝶《ちょう》が湧き上がる。

「なんだ……この……蝶……は……」

ぐらり……と呪術王の視界が暗転する。

そして……気を失った。

☆

マリィからの魔法を受けて……。
呪術王は、気を失った。
と思った次の瞬間、彼は目ざめる。
『！　ここはどこだ……？』
そこは、先ほどマリィと戦っていた市街地の中……ではなかった。
周囲を見渡す。
竹林どこまでも広がっていた。
『ここは……どこ……いや、待て。見覚えが……』
その時だ。
『安倍童子《あべどうじ》……？　どこにいるの……？』
……聞き覚えのある、声。
そう、そうだ……。
『は、母上……？』
そこに居たのは、十二単を身に纏《まと》った女。
呪術王の、母だ。

『ああ、安倍童子。ここにいたのね。良かった……心配したのよ』

……死んだはずの母親が、なぜここにいる？

彼女が近づくにつれて、気づく。

『母がデカい……いや、これは……おれが小さくなってるのか……！』

そう……今の呪術王は、齢十にもみたない、幼い見た目になっている。

『幻術か……いやちがう。これは……記憶。彼奴《あやつ》め……おれの記憶を読み取り、夢を見させてるのか』

一瞬で敵の攻撃を見抜いた。さすがは、百戦錬磨の呪術王といったところか。

しかし……無防備に近寄ってくる母を、避けることができなかった。

『は、離せ……！』

これは敵の作った、夢。

こちらを油断させるための罠だ。

……だとしても、逃れない。

忘れていた、母のぬくもり、そして甘い香り、柔らかな肌に……。

呪術士は、何もできず、ただ母に抱きしめられる。

『急に居なくなるなんて。もう、いけない子です』

……あの、戦いを楽しんでいた、バーサーカーが……。

今は、年相応の、男の子に成り下がっている。

そう……これはマリィが見せている夢。

相手にとって、都合の良い、とても心地よい夢を見せる魔法なのである。
……しかし、それに気づいたからといって、あらがう術はなかった。
なぜなら呪術王は、母が好きだったからだ。
長い年月かけて、術を磨き、王と呼ばれるほどに成長するまでに。

☆

マリィは呪術王へ向けて、魔法を放った。
彼女の前で、呪術王がうなだれて活動停止してる。
『何が起きてるんだ……魔女様よ』
マリィのそばまで、黒猫の悪魔オセが近づいてくる。
彼女はその場で崩れ落ちて、肩で息をする。
「神域級魔法を、使ったのよ」
『し、神域だってぇ⁉』
オセが驚愕する一方で、今回協力した、九尾が尋ねる。
『なんやの、神域級ってのは？』
オセは九尾に説明する。
『神の奇跡を再現する、超すごい魔法のことだよ』

魔法は本来、初級、中級、上級、極大、の四つのクラスに分かれている。

『極大魔法が、才能ある人間が到達できる……最高地点、と一般にはされている。だが、違う』

『その上に神域級ってのがあるんやな?』

『そうだ。超天才が、一生をかけて開発する魔法……。神の奇跡としか思えないほどの現象を引き起こす』

神の奇跡……。

「神域級魔法……蝶神精残骸《スーパーノヴァ・レムナント》。他人の精神に干渉し、自在に記憶を操る魔法よ」

『洗脳やないかい! そんなもん……正義の魔女が使う必殺技ちゃうで……』

ふん、とマリィが鼻を鳴らす。

「私は正義の味方でもなんでもないわ」

エゴイストの魔女。

それが、マリィという女の正体。

あきらかに悪役の能力を使おうが、そんなの知らないのである
邪魔者を排除できるのならば。

「私の蝶神精残骸で、呪術王は心地よい夢を見てるのよ。現実にこのまま、戻ってこれなくなるくらいの」

オセと九尾は、そんなえげつない魔法を使うマリィに、畏怖を覚えた。

なんて恐ろしい魔法を使うのだ、とおびえる一方で、こんなに若い女が、このような神の奇跡の

技を使えるなんて……驚愕するのであった。

蝶神精残骸。

相手に都合の良い夢を見させる、最悪の魔法。

マリィは呪術王に、幼き日の母との思い出を見せている。

彼はその甘い夢から、永遠に抜け出せないで居る……。

『これで、おわったんやな……?』

九尾が、切なそうな表情でつぶやく。

彼女は呪術王に裏切られて瀕死の重傷を負わされた。

それでも……大事な人だったのだろう。

そんな人が殺されて、喜べるわけがなかった。

しかし……。

「しつこいわね」

『なっ⁉』

オセも、そして九尾も驚いた。

呪術王が、目を覚ましたのである。

『ば、馬鹿な！　神域級魔法を自力でうちやぶってきやがったのか⁉　やばいぞ……こっちはもうヘロヘロだ！』

カイトは気絶し、倒れている。

マリィも体力を消耗してるのか、立ってるだけで辛そうだ。

しかし……呪術王の表情は、実に穏やかだった。

先ほどまでマリィと戦っていたときに見せた、好戦的な笑みはもうない。

どこか、晴れ晴れとした表情をしてる。

「降参だ」

と、ただ一言呪術王はそういった。

マリィは目を丸くする。

「……降参？」

「ああ。初心を思い出した。そうだった、おれは……母を生き返らせるために、強くなろうとしていたのだな」

どうやらマリィの見せた幻覚から、彼が失っていた、母を復活させたいという気持ちを、思い出したようである。

「………………」

マリィは臨戦態勢を解いた。

相手に戦う意思がないことを悟ったからである。

呪術王は小さく自嘲的に笑った。

「馬鹿だった。おれは。いつの間にか、戦うことが目的になっていた。母上を、生き返らせたかっただけなのにな」

自分では、母親を生き返らせることはできないと気づいたようだ。

もう彼には戦う意思も、強くなろうとする動機もない。

「何あきらめてるの？」

「え？」

マリィは折れた接骨木の神杖を修復魔法でなおし、構える。

「やるわよ」

「やる、とは……？」

がりがりと魔法陣を描きながら、マリィが言う。

「あなたのお母さん、生き返らせるわよ」

マリィは呪術王の母親を、蘇生させると言ってきた。

『そんなの、できるわけないだろ。死んだ人間はどうやったって生き返らない』

悪魔オセが常識的な意見を言う。

呪術王もうなずく。

一方でマリィは、無視して、術式を展開する。

彼女はまず、土の魔法で魔導人形を作る。

そこに加えて、魔法陣を展開した。

「！　これは……西の魔法と、東の呪術、ふたつの術を組み合わせた……まったく新しい魔法陣⁉」

呪術王すら驚愕する魔法陣を、マリィは作り上げたのだ。

「信じられん……こやつ！　おれとの戦いを通して、世界最高峰の呪術を身につけていたのか！」

マリィはもともと、西大陸の魔法をマスターしている。

加えて、ここ極東の地で、呪いについて学んだ。

妖怪、そして呪術王と、呪術使いたちと戦った結果……。

世界最高峰の呪術をマスター。

そのうえで、ふたつの奇跡の技を合成させ……まったく新しい奇跡を、体現する。

「開け……【世界扉《ワールドドア》】！」

その瞬間、マリィの足下から、巨大な鏡が出現した。

『な、なんなんだこれは……世界扉《ワールドドア》……？』

「この世界と、別の世界をつなぐ……扉らしいわ」

呪術王が使ったという、不完全な術式を、マリィは完成させたのである。

『別の世界だと⁉』

マリィは世界扉から、一つの魂を呼び出す。

「これは……冥界にとらわれし、女の魂よ。これを……魔導人形に入れる」

するとただの魔導人形に変化が起きる。

ぐにゃあ……と姿形が変わり、やがて黒髪の美女が出現した。

「は、母上！　母上……！！！！」

呪術王が母親の元へ駆け寄る。

マリィが魂を呼び出し、仮の肉体に憑依《ひょうい》させた……母のもとへ。

「安部童子……ああ、あなたなのね」

「母上！　おれは……おれは……うわぁあああああああああん！」

本物の母と再会でき、呪術王は感謝の涙を流す。

マリィは小さく息をついて……そのまま倒れる。

「魔女様！！！！」

巨大なフェンリルの姿から、小さな獣人の姿に戻ったカイト。

マリィに近づいて、抱き寄せる。

「大丈夫ですか⁉」

ぐぅう～～～～～～～～～～！……答えは、腹の虫の声で帰ってきた。

色々頑張りすぎて、お腹が減ってしまったのだろう……。

カイトはほっと安堵の息をつき、そして、慈悲深い魔女に対して、こう言う。

「さすがです、魔女様。死闘を演じた相手の、心すら救ってしまうなんて！」

エピローグ

呪術王の母を、復活させた。

それから数日が経過したある日のこと。

「…………」

『よぉ、起きたか魔女様?』

黒猫オセが自分を覗いていた。

マリィはため息をつく。

「おなかすいたわ」

『開口一番それかよ……ったく、相変わらずだなあんたは』

マリィが身体を起こすと、ふわりとどこからか良い匂いがする。

「これは……お酢?」

『おうよ。あんたが寝てる間に、全部片がついたぜ。今小僧が寿司の準備してる』

「! 寿司!!!!」

マリィが極東に来た理由だ。

寿司と呼ばれるとてつもなくおいしいものを食べに、海を渡ってきたのである。

「どこ⁉」

「魔女様！　ここですよ！」

界人が酢飯の入った桶を持って現れる。

マリィはよだれを垂らしながら、寿司の準備ができるのを待つ。

「無事で何よりでした！」

「ええ、寿司早く」

「気絶してしまって、数日も目を覚まさないから心配して……」

「ええ、寿司早く」

カイトは素早く手を動かし、寿司を用意した。

「これが……寿司！　極東のグルメ！！！」

しゃりの上に色とりどりの魚のネタが載ってる。

「呪術王さんが呪いを解除してくれたんです。お米もお魚もたくさんもらいました！　さ、食べてください！」

遠慮無く、マリィはカイトの握った寿司を食べる。

真っ赤な、まるでルビーのような握りを一つ食べる。

「～～～～～～～～～～～！」

口の中で、今まで食べたことない美味が広がる。

甘酸っぱい米と、新鮮な海の幸のハーモニー。

「極東は改心した呪術王さんが、復興に尽力するそうです」

噛めば噛むほど味が出てきて、涙が出るほどだ。

その姿を見て、カイトが感じ入る。

「極東の人たちが平和に暮らせるようになって、泣くほど嬉しいんですね！」

『ちげえと思うけどなぁ』

ここがどうなろうが、どうでもいい。

ただ、今最高においしいご飯を食べられてることに涙し、そして、感謝する。

「ああ……おいしいわ……頑張った甲斐があったなぁ……」

マリィは寿司を食べながら、しみじみとうなずく。

頑張って食べる料理は、また格別だと思った。

あっという間に寿司を平らげてしまう。

しかしそこに、新しい寿司が追加される。

「極東の人たちから食材は山ほどもらっています！　おなかがはち切れるまで……お寿司にぎにぎしますね！」

おいしいお寿司を作ってくれる、カイトにお礼を言う。

「ありがとう、カイト。……これからも、よろしくね」

カイトは顔を赤くすると、晴れ晴れとした笑みを浮かべてうなずく。

「はい！　これからもよろしくです！」

かくして、マリィは極東で無事、お寿司を食べることができたのだった。
あとはまあ、ついでに、極東も救って見せたのであった。

書き下ろしおまけ

魔女様のお悩み相談

それはマリィが呪術王を撃破した後のこと。

極東、シナノ北部にある寺にて。

「ひつまぶし！」

寝所にて、マリィはそう叫ぶ。

彼女の隣には黒猫の悪魔、オセがとぐろを巻いて眠っていた。

「ひつまぶしよ」

『ぐぅー』

マリィは無視されて腹立ったので、風重圧でオセを押しつぶす。

『なにすんじゃ！』

「ひつまぶしよ。食べるの忘れたわ」

『あー……なんかここ来る途中に言ってたやつか。米がないから食えないと』

「そう！　ここを去る前に食べないとね。カイトは？」

マリィは周囲を見渡す。

ハイスペック獣人料理人、カイトの姿が見えなかった。

『あの小僧はいないぞ』

「どうして？」

『シナノの連中への炊き出し手伝ってるんだとさ』

この領地、シナノは呪術王と妖怪たちのせいで、傷ついていた。

カイトはそこに住まう人たちに、少しでも元気になってほしいからと、炊き出しのボランティアに参加しているのである。

「なんてこと……私がお腹すいてるのよ?」

『だからなんだっつーの……暴君かよ』

「魔女よ。はあ、どうしましょう。料理なんて作れないし」

そもそも作りたくもない。

着替えて、誰か料理を作れる人がいないかと、探しに出かける。

すると、寺の庭で、所在なさげに突っ立ってる呪術王アベノハルアキラを見かける。

「魔女か」

「どうも」

呪術王はすっかり憑き物が落ちたように、穏やかな表情をしている。

「なにをしてるのだ?」

「ご飯作ってくれる人探してるの。ひつまぶしが食べたいのに」

すると呪術王は小さくつぶやく。

「それなら作れるな」

「なんですって⁉」

マリィは呪術王の肩を掴んで揺する。

「作って!」

「あ、ああ……いいぞ。ちょうど、考えに詰まっていたところだからな」

オセだけが、呪術王の表情が曇ってることに気づけていた。

ほどなくして。

呪術王が寺にある台所に立つ。

マリィはその後ろで、そわそわしていた。

「ホントに作れるの？　この私をうならせるくらいのおいしいを提供できるのかしら？」

「問題ない。料理は得意だ」

たしかに、呪術王は流麗な手つきで、米を炊き、魚をさばいている。

妖怪達の活動が止まった今、極東の大地は元通りになっていた。

汚れた水と土地は浄化され、米も魚も、前のようにたくさんとれるようになった。

「なあ、魔女よ。おれは……これからどうすればいい？」

「料理作れ」

即答だった。もうそれ以外どうでもいい様子である。

マリィはさっさとひつまぶしを食べたいのだ。

「料理……はは、そうか。そうだな」

ほどなくして、ひつまぶしが完成する。

寺にある客間へ移動し、マリィは呪術王特製のひつまぶしを食べる。

甘塩っぱいソースと、ぶつ切りになったウナギ。

それを米で掻き込むと、口の中でそれらが渾然一体となって、幸せの感情がわき上がってくる。

「美味よ！　なんだ、あなた料理の才能あるのね！　見直したわ！」

そんなマリィの笑顔を見て、呪術王はつぶやく。

「おれは……これからどうするか、迷っていたよ。異世界に来て、たくさんの人に迷惑をかけた。母上が戻ってきて、おれの生きる意味はなくなった。これから……どうすればいいか」

でも、と呪術王は微笑む。

「おまえの満足そうな笑みと、言葉で、道が開けたよ。おれはこれから、一生をかけて、この極東の地で料理を作り続ける。そうやって、小さなことから罪を償っていくよ。許されるかは知らないけど」

マリィの知らぬ間に、なんだか呪術王が爽やかな顔をしていた。

なんだこいつ、急に……と疑問に思いながらも、マリィは言う。

「おかわり！」

こうして、マリィは無自覚に呪術王の心をまたしても救った。呪術王は極東の民のために食事を作り続け、やがて本当に極東の王になるのだが……それは別の話だった。

あとがき

初めまして、作者の茨木野と申します。

このたびは「転生魔女の気ままなグルメ旅（以下、本作）」をお手にとってくださり、誠にありがとうございます！　本作は「小説家になろう（以下、なろう）」に掲載されている物を、書籍化したものとなっています。

本作のあらすじは、主人公のマリィは貴族のご令嬢。婚約破棄されたことがきっかけで、自分が大昔に存在した大魔女、ラブマリィである記憶と力を取り戻す。前世とちがって今世は魔法が衰退していた。その世界でマリィは、己の食欲を満たすため、料理人のカイトとともに旅をする。圧倒的な魔法の力で敵を倒し、手に入れた素材で美味しいものを食べてるだけなのに、なぜかすごい魔女として周りから賞賛される……。といった、かるーい旅もの＋主人公最強ファンタジーとなっております。

次に本作を書くきっかけのお話をします。二〇二二年の僕は、かなり迷走していました。今まで書いていた、男主人公の最強無双ファンタジーものが、なろうで通用しなくなってきたからです。その頃のなろうは、女主人公の恋愛ファンタジーが流行っていたのです。僕はどうにもその恋愛模様（心の機微）を書くのが苦手でして……。女主人公にして恋愛を書いても、なかなか上手くいかず、苦労しておりました。（今も苦労してますが……）

そんなこんな二〇二二年の年末、僕は実家に帰省してました。次回作の構想を練るために、自由が丘にあるパンケーキ屋へと向かっておりました。僕甘い物がこの世の何よりも大好きなのです。なかなか次の話が思いつかず、きっかけになればと気分転換に出かけたのです。女主人公の物語、どうするかなぁって思いながら、僕はパンケーキを食べていました。そのとき、隣でカップルが同じくパンケーキを食べていたのです。カノジョのほうはすごく美味しそうに食べてて、それで気づいたんです。美味しいものを食べてる女の子、かわいくね？

そのときに、魔物を倒し、その素材で美味しい物を作って、食べて、うまい！　と笑っている女の子の絵が、頭の中に思いついたのです。そこから生まれたのが、超強い魔女のマリィという女の子でした。

以下、謝辞です。イラストを担当してくださった「長浜めぐみ」様、可愛い絵をありがとうございます！　マリィって、割とキツい性格してて、読者に嫌われてしまいそうですが、長浜さまが可愛く描いてくれたおかげで、性格のきつさが中和されててすごいいいキャラになったと思いました！　ありがとうございます！

続いて担当編集様たち、編集作業ありがとうございました！　原稿遅くてほんとすみません。打診をくださって、また素敵な本にしてくださって、ありがとうございます！

そのほか本作りに尽力してくださった皆さま、そして何より読者の皆様に深く御礼申し上げます！

最後に！　本作コミカライズが決定しています！　めちゃくちゃ可愛く描いてもらっております！　お楽しみに！

紙幅もつきてきましたので、この辺で失礼いたします。ありがとうございました！

二〇二三年七月某日　茨木野

さあ、
スイーツパーティーの始まりよ！
お菓子のモンスター、クッキーの人形、ケーキのお城……
あま～いが盛りだくさん！
自由気ままな勘違いグルメアドベンチャー第2弾！
転生魔女の気ままなグルメ旅
～婚約破棄された落ちこぼれ令嬢、実は世界唯一の魔法使いだった
「魔物討伐？人助け？いや食材採取です」
2
著：茨木野　イラスト：長浜めぐみ

「俺たちがざまぁされるわけないよな？」
2024年
発売予定！

コミカライズ
画進行中!
https://to-corona-ex.com/
CORONA EX
TObooks

漫画 高塔サチ
キャラクター原案 長浜めぐみ
コミカライ
企

マインとして
ローゼマインとして
ドラマCD10
12/9発売!
詳しくは原作公式HPへ
tobooks.jp/booklove

大切な記憶へ
愛する者達へ
本好きの
下剋上
司書になるためには
手段を選んでいられません
第五部 女神の化身XII
香月美夜
miya kazuki
イラスト：椎名 優
you shiina
第五部ついに完結！
2023年冬

広がる
コミックス 第四部
貴族院の図書館を
救いたい! Ⅶ
漫画:勝木光
2023年
11/15
発売!
新刊、続々発売決定!
コミックス 第二部
本のためなら
巫女になる! Ⅹ
漫画:鈴華
2023年
12/15
発売!
コミックス 第三部
領地に本を
広げよう! Ⅶ
漫画:波野涼
好評
発売中!

「本好きの下剋上」世界!

Welcome to the world of "Honzuki"

アニメ	コミカライズ	原作小説
第1期 1～14話 好評配信中! BD&DVD 好評発売中! 	第一部 本がないなら 作ればいい! 漫画:鈴華 ①～⑦巻 好評発売中! 	第一部 兵士の娘 Ⅰ～Ⅲ
第2期 15～26話 好評配信中! BD&DVD 好評発売中!  ©香月美夜・TOブックス／本好きの下剋上製作委員会	第二部 本のためなら 巫女になる! 漫画:鈴華 ①～⑨巻 好評発売中!  コミカライズ 原作「第二部Ⅲ」を連載中!	第二部 神殿の 巫女見習い Ⅰ～Ⅵ
 第3期 27～36話 BD&DVD 好評発売中!! 続きは原作「第三部」へ 詳しくはアニメ公式HPへ＞booklove-anime.jp ©香月美夜・TOブックス／本好きの下剋上製作委員会2020	第三部 領地に本を 広げよう! 漫画:波野涼 ①～⑦巻 好評発売中!  コミカライズ 原作「第三部Ⅱ」を連載中!	第三部 領主の養女 Ⅰ～Ⅴ
	第四部 貴族院の図書館を 救いたい! 漫画:勝木光 ①～⑥巻 好評発売中!  コミカライズ 原作「第四部Ⅰ」を連載中!	第四部 貴族院の 自称図書委員 Ⅰ～Ⅸ

原作小説

第五部 女神の化身

Ⅰ～Ⅺ 好評発売中!

Ⅻ 2023年12月9日発売!

著:香月美夜 イラスト:椎名優

貴族院外伝
一年生

短編集 Ⅰ～Ⅱ

CORONA EX
コロナEX
TObooks

本好きの
コミカライズ最新話が
どこよりも早く読める!

https://to-corona-ex.com/

シリーズ累計
170万部
突破!
(紙+電子)
小説
第15巻
2023年
12月20日
発売!
TOKYO MX・MBS・BS11にて
絶賛放送中!!!
帝国物語
餅月 望――著
Gilse――イラスト
式HPへ!
原作HP
TVアニメHP

ティアムーン帝国物語
コミックス
第8巻
2024年
発売予定!
漫画：杜乃ミズ
TVアニメ
ティアムーン
断頭台から始まる、
姫の転生逆転ストーリー
詳しくは公

転生魔女の気ままなグルメ旅
～婚約破棄された落ちこぼれ令嬢、実は世界唯一の
魔法使いだった「魔物討伐？人助け？いや食材採取です」

2023年11月1日　第1刷発行

著　者　**茨木野**

発行者　**本田武市**

発行所　**TOブックス**
〒150-0002
東京都渋谷区渋谷三丁目1番1号　PMO渋谷Ⅱ　11階
TEL 0120-933-772（営業フリーダイヤル）
FAX 050-3156-0508

印刷・製本　中央精版印刷株式会社

ISBN978-4-86699-980-7